CW00529900

Otto Sutermei

Die schweizerischen Sprichwörter der Gegenwart in ausgewählter Sammlung

SALZWASSER
VERLAG

Otto Sutermeister

Die schweizerischen Sprichwörter der Gegenwart in ausgewählter Sammlung

1. Auflage | ISBN: 978-3-75250-944-1

Erscheinungsort: Frankfurt am Main, Deutschland

Erscheinungsjahr: 2020

Salzwasser Verlag GmbH, Deutschland.

Nachdruck des Originals von 1869.

Die

Schweizerischen Sprichwörter

der Gegenwart

in

ausgewählter Sammlung

von

Otto Sutermeister.

—◦◦◦◦◦—

Aarau.

Druck und Verlag von J. J. Christen.

1869.

Vorwort.

Zwei entgegengesetzte Vorwürfe pflegt man her-
kömmlich älteren und neueren Sprichwörtersammlungen
zu machen: diejenigen des Zuwenig und des Zuviel.
Den Vorwurf der Unvollständigkeit nehme ich mei-
nerseits für die vorliegende Arbeit zunächst in der tröst-
lichen Ueberzeugung hin, es könne der Born des volks-
thümlichen Redeflusses, weil er ein lebendiger und un-
versiegbarer ist, überhaupt niemals erschöpft und deswegen
niemals — auch nicht in den weitesten Räumen eines
wiederholt aufgelegten Buches — alles das wirklich ein-
gefangen werden, was sein Verfasser selbst gerne seiner
Sammlung zugewendet hätte. Eine andere Art soge-
nannter Unvollständigkeit rechne ich dagegen meiner
Sammlung zum entschiedenen Vorzuge an, indem ich
dem zweiten jener Vorwürfe, der insbesondere bei einer
provinziellen Sprichwörtersammlung in Betracht kommt,
noch mehr als dem ersten zu begegnen bestrebt war.
Unbestreitbar mehr nämlich als an Unvollständigkeit
leiden die meisten unsrer deutschen Sprichwörtersamm-
lungen an einer unkritischen Ueberhäufung, die den
innern Werth derselben ebenso wie ihre Brauchbarkeit
empfindlich beeinträchtigt. Vor Allem vermißt man eine

bewußte Unterscheidung zwischen sprichwörtlicher, b. h.
volksthümlicher Redensart und allgemeiner konventioneller
Redeweise. Ich will mich in Beispielen möglichst kurz
fassen. Wander, in seinem überfleißigen „Allgemeinen
deutschen Sprichwörterlexikon" *) verzeichnet die For=
meln: „Einen in Ruhe lassen" — „Festen Fuß fas=
sen" — „Auf eigenen Füßen stehen"; Frischbier in
seinen „Preußischen Sprichwörtern": „Reinen Tisch
machen" — „Den Braten riechen" — „Sich den Leib
voll ärgern" — „Man muß Eins ins Andere rechnen"
— und hunderte von ähnlichen, die alle zusammen dem
phraseologischen Theil des Wörterbuches, nicht aber einer
Sprichwörtersammlung zustehen. Zu dem schädlichen
Ballast der Sprichwörtersammlungen, von dem ich rede,
gehören im Weitern jene farblosen und platten Sen=
tenzen, die allen Sprachen und Nationen gleichmäßig
angehören. „Wer Alles will, kriegt Nichts" — „Jeden
drückt etwas" — „Wer gewinnen will, der muß ver=
lieren können" — „Es ist Niemand, dem Nichts ge=
bricht" — „Wie man's macht, so hat man's" — so
liest man, wiederum unter zahllosen verwandten, z. B.
in Kirchhofers Sammlung schweiz. Sprichwörter (Zürich,
Orell, Füßli u. Cp. 1824). Und endlich haben auch
nicht wenige Sammler sich verleiten lassen, ihre Bücher
durch Aufnahme von Cynismen, an denen der Witz

---

*) Es sei mir gestattet, hier gelegentlich anzumerken, daß Wander meine
mit historischer Treue aus der Volkssitte erhobenen „Schweizerischen Haus-
sprüche" (Zürich, S. Höhr 1860), die er auch in seinem Quellenverzeichniß
mit aufzuführen versäumt, viel zu wenig ausgebeutet hat, während den
durchweg frei gedichteten „Spruchreden für Lehrer, Erzieher und Eltern"
(Leipzig, Fr. Brandstetter 1863) die unerwartete Ehre widerfuhr, von ihm
in aller Form dem deutschen Sprichwörterschatz einverleibt zu werden.

Nichts und die Zote Alles, zu verunstalten und übel
auszudehnen, um — wie die beliebte Phrase heißt —
„Vollständigkeit und wissenschaftliche Brauchbarkeit zu
erzielen", ein Verfahren, das lediglich auf einer Begriffs=
verwechslung beruhte, die auch auf andern, namentlich
künstlerischen Gebieten, noch immerfort Mißverstand und
Unheil stiftet: auf der Verwechslung von Volk und
Pöbel, von Volksthümlichkeit und Gemeinheit. Ich
möchte hier nicht mißverstanden sein. Vollständig stimme
ich Jakob Grimm zu — und meine Sammlung giebt
den Beweis — wenn er sagt (Wörterbuch, 1, 34):
„Spott, Witz, Zorn, Schelte können nicht anders laut
werden als in einem kühnen Wort; selbst in der Bibel
gebricht es nicht an Wörtern, die bei der feinen Gesellschaft
verpönt sind.... Es giebt kein Wort in der Sprache,
das nicht irgendwo das beste wäre und an seiner rechten
Stelle." Aber glaube man daneben doch auch: die
Zote ist von Natur und von Rechtswegen kein natio=
nales, volksthümliches oder provinzielles Gewächs, sie ist
vielmehr überall zu Haus, wo die Scham nicht mehr
zu Hause ist, und ist auch überall dieselbe; und wo ihr
ein affektirter wissenschaftlicher Eifer das Wort redet,
da steckt immer Beschränktheit oder noch Schlimmeres
dahinter, und keineswegs das sittlich und ästhetisch be=
rechtigte Wohlgefallen, das ein gesunder Sinn an dem
derben Witz und der ehrlichen Grobheit des Volkes
empfindet.

Eine provinzielle Sprichwörtersammlung hat sich in=
dessen noch in einem andern Sinne zu beschränken.
Sie soll nämlich ein Sprichwort nicht etwa schon des=
wegen aufführen, weil es mundartliche Form hat oder
gar nur weil es in der betreffenden Provinz zufällig

auch gesprochen und gehört wird. Gerade dagegen aber hat sich die oben genannte Preußische Sammlung von Frischbier und hat sich die Schweizerische von Kirchhofer in größtem Maße verfehlt sammt allen Denjenigen, welche ihre kleineren Sammlungen schweizerischer Sprichwörter, sei es in der „Schweiz“, den „Alpenrosen“, der „Rauracia“ oder andern heimatlichen Zeitschriften und Kalendern gelegentlich veröffentlichten, und welchen theilweise Wander wieder eben Solches als „schweizerisch“ nachgeschrieben hat, was er aus seinen übrigen Quellen doch als gut „deutsch“ hätte erkennen sollen. „Je größer die Noth, je näher Gott“ — „Ist Saul auch unter den Propheten?“ — „Das Blatt hat sich gewendet“ — „Den Mantel nach dem Wind hängen“, heißt es bei Kirchhofer; „Was lang lige bliibt, rostet“ — „Er het weder Glück no Stern“ — „Mit Gott i b’Händ speie“, bei Andern. Sind solche Sprichwörter „schweizerisch“, welche wären es dann überhaupt nicht?

In der vorliegenden Sammlung wurde demnach mit möglichster Konsequenz Alles ausgeschlossen, was von dem Kenner des schweizerischen Volkslebens und zugleich der deutschen Sprichwörterliteratur nicht sofort als spezifisch provinziell, als „urchig“ schweizerisch erkannt werden müßte, Alles, was zugleich Hochdeutsch gilt, sofern nicht die mundartliche Form dem Gedanken doch irgend einen neuen Begriff oder eine entschiedene Wendung zuführte. Daß nach dieser Seite die Auswahl wohl noch strenger hätte durchgeführt werden sollen, mag ich nicht in Abrede stellen, gerade weil mir so sehr an einer nicht blos schweizerdeutschen, sondern schweizerischen Sammlung liegt; und dankbar würde ich bezügliche Winke, die mir von der freundlichen Hand zuverlässiger

Sachkenner zu Theil würden, zu allfällig künftiger Be= nutzung entgegennehmen. Wohlverstanden: Nicht als ob ich so naiv wäre, zu glauben, daß die Sprichwörter, welche ich hier spezifisch schweizerisch nenne, nun sammt und sonders in keiner andern Mundart der Welt sich wiederholten. Vielmehr, es sind solche, welche bei mei= nen Vergleichungen mit der ältern und neuen hochdeut= schen Sprichwörterliteratur in hochdeutscher Fassung mir nirgends vorgelegen haben, außer, wenn solche etwa aus Kirchhofer, der leider alle echt schweizerischen Sprich= wörter wo immer thunlich verneuhochdeutscht schrieb, in neuere Sammlungen übergiengen, um dort für hoch= deutsch zu gelten. Wie nun aber bereits zahlreiche Provinzialismen aus manchen mundartlichen Sammel= werken, ferner aus Schilderungen des Volksthums, aus den Schriften eines Bitzius, eines Hebel, eines Fritz Reuter und vieler Andern allmählig vor unsern Augen Bürgerrecht erworben haben in der hochdeutschen Schrift= sprache, so möchte leicht meinem bescheidenen Büchlein neben der einen Bestimmung: gegenwärtig Aussterbendes vor der Vergessenheit zu bewahren, noch die andere zu Theil werden: zu der fortwährenden Befruchtung und Bereicherung beizutragen, welche die Schrift= und Lite= ratursprache von Seiten der Mundart überhaupt erfährt.

Ueber den Gesammtcharakter, der meiner Auswahl zukommt, nur ein kurzes Wort. Gewiß, nicht Alles, was dem Leser hier geboten wird, ist geistreich oder sonderlich witzig; es mag dem einzelnen Leser Einzelnes für sich genommen geradezu den Eindruck des Ueber= flüssigen oder gar jenes Platten, Inhalts= oder Geschmack= losen machen, das ich doch fern halten wollte; aber die allfällige Verstimmung, mit der man sich von derlei

Einzelheiten abwenden mag, muß jedem um die all=
seitige Erkenntniß der Volkspsyche sich Bemühenden bald
verschwinden über der vorwiegenden Menge des Tref=
fenden, durch echten Witz und gründlichen Verstand
Ueberraschenden; und schließlich gehört eben zu dem
richtigen Verständniß des volksthümlichen Sprichwortes
durchaus jene volksthümlich zugerüstete Seele und jene
konkrete Anschauung des wirklichen Lebens, welche der
Göthesche Spruch meint:

> Sprichwort bezeichnet Nationen,
> Mußt aber erst unter ihnen wohnen.

Im Uebrigen bleibt mir über Ursprung und Ein=
richtung meines Büchleins noch Folgendes zu bemerken.

Meine Sammlung umfaßt nur das gegenwärtig
lebende Sprichwort. Ich sah also ab von den größten=
theils nur literarisch vorhandenen sogenannten historischen
Sprichwörtern, weil solche mir einer monographischen
Behandlung bedürftig und würdig erschienen. (Was
Kirchhofer hierin bietet, wäre zu einer künftigen Mono=
graphie immerhin ein fruchtbarer Ansatz.) Meine erste
Quelle war vielmehr der Volksmund. In drei schwei=
zerischen Kantonen nach einander wohnhaft, an Sprache
und Sitte der meisten übrigen durch öfteren Aufenthalt
daselbst gewöhnt, befand ich mich zudem auch beruflich
in der wünschenswerthesten Lage eines Sammlers aus
erster Hand. Eine zweite Quelle sodann waren die
mündlichen und schriftlichen Mittheilungen persönlicher
Freunde, denen hiermit auf's Beste gedankt sei — eine
dritte, jene zerstreuten journalistischen Proben, von denen
oben die Rede war, nebst anderen mehr und weniger
ergiebigen Druckquellen wie Stalder: schweizerisches
Jdiotikon; Tobler: Appenzeller Sprachschatz; Schild:

der Großätti aus dem Leberberg; Senn: Chelleländer
Stückli u. s. w. Nur mit großer Behutsamkeit durfte
dagegen die schweizerdeutsche Literatur beigezogen werden,
weil hier gar Manches sprichwörtlich klingt, was oft
nur eine glückliche Improvisation ist. Als vierte Quelle
habe ich endlich eine Auswahl aus den „Papieren des
schweizerischen Idiotikons" zu bezeichnen. Ein zweimal
mit bankenswerthester Liberalität gebotener Anlaß setzte
mich nämlich in den Stand, nicht nur einen Blick in
den außerordentlichen Reichthum der bereits angesam=
melten handschriftlichen Schätze dieses Idiotikons zu wer=
fen, sondern auch eine Probe davon auszuheben und
damit meine eigene Sammlung schließlich noch um werth=
volle Beiträge zu bereichern. Was ich vor neun Jahren
in einem Vortrag vor einem Kreise von Berufsgenossen*)
als bringlich wünschbar darstellte: eine berufene Hand,
welche alle vereinzelten Sammlungen munbartlicher Denk=
würdigkeiten ihrer gemeinsamen wissenschaftlichen Ver=
werthung entgegenführte, als Bausteine zu dem vater=
ländischen Denkmal eines neuen schweizerdeutschen Idio=
tikons — diese Hand hat sich zur freudigen Genugthuung
aller Freunde schweizerischer Kultur gefunden; **) ihr
möchte deshalb auch in erster Linie dieses gegenwärtige
Büchlein mit Zinsen zurückgeben, was es dankbar von
ihr empfangen.

---

*) S. Pädagogische Monatsschrift für die Schweiz, Zürich 1861 S. 65:
„Das verhochdeutschte Hausdeutsch."

**) S. Rechenschaftsbericht des schweizerischen Idiotikons an die Mit-
arbeiter, abgestattet von der Centralkommission 1869. Dazu: Das Brot
im Spiegel schweizerdeutscher Volkssprache und Sitte; Lese schweizerischer
Gebäcknamen aus den Papieren des schweizerischen Idiotikons. Leipzig,
S. Hirzel 1868.

Gleich den hiſtoriſchen, und auch aus gleichem Grunde,
habe ich die mit, phyſiſchen und beſchränkt lokalen —
landwirthſchaftlichen und meteorologiſchen — Verhält=
niſſen ſich beſchäftigenden Sprichwörter ausgeſchloſſen.
Steht nun hier gleichwohl z. B.: „Me mueß be Chüje
b'Milch zum Baren i ſchoppe“, ſo hat man es eben bei
dieſem Sprichworte wie noch bei vielen verwandten, nicht
mit einem wirthſchaftlichen Erfahrungsſatze, ſondern mit
einer metaphoriſchen Redeweiſe zu thun. — Der Mundart
habe ich nur in einigen dringend ſcheinenden Fällen eine
erklärende Ueberſetzung beigefügt, weil im Uebrigen das
künftige ſchweizerdeutſche Wörterbuch dem Unkundigen
die nöthigen Aufſchlüſſe geben wird, ein beſonderes
Vokabularium aber 'in dieſem Büchlein unverhältniß=
mäßigen Raum beanſprucht hätte. Wo der Fundort
des einzelnen Sprichwortes nicht angegeben iſt, da iſt
dasſelbe durchſchnittlich allgemein im Gebrauch; aber
auch da, wo ein ſolcher genannt iſt, darf ſo wenig an=
genommen werden, daß ſein Vorkommen ſich lokal im=
mer auf jenen beſchränke, als etwa aus der Aargauer,
Schaffhauſer oder Berner Mundart, in welcher ein
Sprichwort nach ſeinem zufälligen Fundort erſcheint,
gefolgert werden darf, daß dasſelbe nur im Aargau, in
Schaffhauſen oder Bern im Schwange ſei. Nur weil
es vorausſichtlich für manchen Leſer Intereſſe hat, daß
das Sprichwort jedenfalls dort zu Hauſe, iſt ein Ort
genannt. — Was endlich die Anordnung betrifft, ſo
habe ich die urſprünglich verſuchte alphabetiſche Methode
an die ſyſtematiſche vertauſcht, weil mit dieſer zugleich
einem jedem Sprichwort von ſelbſt eine allgemeine Er=
läuterung gegeben iſt, und überdies eine alphabetiſche
Reihenfolge unüberwindbare Hinderniſſe und Mangel=

haftigkeiten mit sich führt. Soll z. B. nach dem je=
weiligen Hauptbegriff des Sprichwortes geordnet werden?
Dann ist der „Hauptbegriff" in hundert Fällen proble=
matisch. Soll der zufällige Anlaut des ganzen Sprich=
wortes seine Stellung entscheiden? Dann schaffen viel=
leicht mehrfache Varianten besselben neue Verlegenheiten.
Kurz, alle angeblichen Vortheile der alphabetischen Me=
thode fand ich illusorisch. Damit soll keineswegs ge=
läugnet sein, daß die systematische Anordnung ebenfalls
ihre Mängel hat: Manche Sprichwörter werden in
verschiedenen Bedeutungen zugleich gebraucht und hätten
demnach ebenso gut anderswo untergebracht werden kön=
nen als da, wo sie nun stehen. Diesem Mangel suchte
ich dadurch zu begegnen, daß ich prägnante Abweichun=
gen in der Bedeutung an Ort und Stelle konstatirte.
Besser als irgend eine theoretische Abhandlung es ver=
möchte, bringt jedenfalls eine so gegliederte Sammlung
dem Leser die ganze Genesis des Sprichwortes vor's
Auge.

Möge nun sein guter Stern das Büchlein zu allen
Denjenigen geleiten, in deren Sinn es empfangen und
geworden ist.

I.

Gruß und Anrede; Glückwunsch und Beileidsbezeugung.
Interjectionen: Verwunderung, Betheuerung, Auffor=
    derung und Abfertigung, Drohung, Verwünschung.
Nachsprechscherze.
Sprichwörtliche Namen=, Reim= und Wortspiele.
Sprichwörterglossen und Parodieen.

~~~~~~~

1

Gruß und Anrede.

Gott grüeß ech!*)
Gott grüez i! Grüez i! (Zürich.)
Gottwilche! Bis Gottwilche! (Bern.)
Guet Tag gäb i Gott!
Guet Tag geb isch (uns) Gott! (Wallis.)
Guete! (Winterthur und Thurgau.)
Tag wol!
Helf Gott! (Zürich.)
Aadi! (Beim Antritt. Basel.)
 Dank i Gott. Bedank mi. Säg Dank zum Schönste.
 (Ostschweiz.) Dank heigisch, Dank heiget er. O en
 guete Tag. (Bern.)
Guete Tag z'Laben ii, so git's kei Loch is Dach.
Bist au wider hiessig?
Weli Stoob mueß i go umhaue? (Zum seltenen Besuch.)
Du chunnst mer gwüß wie abblose.
Du bbreichst mer's iez grad.
Stelleb au e chli ab.
Nämeb Platz, s'chost en Oertli. **)

---

*) Allgemeine Grußformeln lösen sich streng nach der Tageszeit ab. In Zürich z. B. gilt Vormittags bis eilf Uhr: Guete Tag; von da weg bis Vesper: Gott grüez i; und schließlich: Gueten Obig.

**) Wortspiel. Oertli = 4 alte Zürcher Batzen.

4

Hock nu bei zue wän er müeb find. (Zürich.)

Hockeb nu bo here, Herr Pfarer, won eufes Hüubli gfäffen ift.

Hockeb Si au e chli ab, Herr Pfarer, er werbet müeb fii
   wie en Hund.

Thüenb au wie biheim.

Nähnb mit Schlächt verlieb.

Thue mer Bscheib.

Gse Gott! Gott gsägn' is mitenanb.

Nänb wänn ber möit und wänn's ech nib gruufet.

Grüfet zue!

Sä fuuf Gmeinrath!

   Es ift gwüß schier nüb zthue. 's'Ift gwüß uverschaut.
   I mag gwüß nümme, i bi bis z'oberft ue voll, i chönnt's
   mit eme Finger erlange, me chönnt's abftriiche. Dank
   z'tuufighunbert Mole. De Herrget wöll ber's zähfach
   wiber gee. De Herrget wöll i's am en Anbre gee. —
   s'Ifch gern gscheh. s'Mag fi nib verliibe.

Wa hänb er welle?

Was hesch wölle, Herböpfel ober Bölle?

Wa wänb er, Papier ober Kalänber?

Was heit er, was weit er? (Bern.)

Was bütet er Guets?

Was thuon er? (St. Gallen.)

Was sött fii? (Wirths Frage.) Heib er aswas wellun?
   (Wallis.) Mueß na en Schoppe fii? Gänb is b'Ehr
   en anbers mol! (Beim Weggang.)

Gaumeb er? (Zürich.)

Triibeb er Churzwiil?

Henn er Stubete? (St. Gallen.)

Sitt er am Hängert? Heib er a Hängert mitenanbere, an
   Dorf mitenanbere? (Wallis.)

Sinb er am Schatte? Thuet's es efo am Schatte?
   Jo jo es mag liecht.

Sinb er am Schärme?

Händ er s'Liecht in Ofe gstellt? (Wenn der Ofen kalt ist.)
Ihr händ au vil Flüge?

Jo, aber es sind nid miini, s'sind s'Nochbers Chätzere, miini sind ufe Boden abe gwänt.

Chöned er's gschweige?
Sind er anbächtig? (Zum Lesenden.)
Siit er geistlich? (Zum Anbächtigen.)
Machst Kaländer? (Zum Nachdenklichen.) De hürig Ka= länder isch scho gmacht.
Nüneled er? Obeled er? (Vesperbrod.)
s'Macht doch herrli Wätter.

Jo das ist Wätter, me sett e kein Batze Schulbe ha.

s'Macht warm.

Jo me spürt's.

Haltet er guete Roth?

De Schuemacher hät Droht.

Hend er guet Röth?

Mer gäbe si wolfel. Um ene Maß chöunted er alli ha.

Sid ihr spaziere gsii?

Jo vo der Haudzwächele bis zur Stubethür.

Hend er Späcksome (Ferkel) gchauft?
Hend's brösch? (Zum Melkenden.)
Hend er Wassermangel? (Zum Wassertragenden.)
Macheb er's suuber?
Thueich öppis?
Wänd er's hei thue?
Mueß s'abe? (sc. Obst.)
Bist hantlig?
Flüißig flüißig? Streng streng?

E chlii. s'Passiert. Es thuet's.

Hend er au guet (sc. arbeiten)?

He nid so gar; mer chönd nid starch rüeme.

Loot's au gern? (Zur Wäscherin.)
Schnurret's? (Zur Spinnerin.)

Git's wol uus?

Möged er's?

Haut's es?

Jo währli es mueß. Haut's es nid, so wetzt me's.

Händ er no kei Ruggeweh?

Jä woll, s'ist ebe gar wit unde.

Überwercheb i nüd.

Machib das ir's mögib erlitbe.

Lönb ech berwiil.

Nu nid gstrütlet. (Jronisch zum Saumseligen.)

Sind nid z'streng.

Thüenb alsgmach.

Mueß 's hüt no under Dach sii?

Sind er balb fertig?

s'Hät's iez dänn glii.

Git's no nid balb Füробig?

s'Wirb's iez dänn mehbe mehbe. (Zürich.)

Macheb balb Fürobe.

Händ au Fürobe!

Balb einist.

Laufeb nid z'streng.

Mueß s' obsi sii, nidsi, durine, duruus, heizue u. s. w.?

Gohts uufi, aabi? (Rheinthal.)

Wohii?

Um Heimet zue, wie b'Chind.

Of Gäbelis ui gi Hennabreck ritere. (Appenzell.)

Wohi gohst?

Uf Chlingen ufe und oben abe luege.

Röume hi wo kei Ofe stoht.

Wo witt hi, Häuft?

J Chüebräck Herr Pfarer.

Git's Gspoone? (Antrag zum Begleiten.)

Wo brennt's? Wo meint men as s' sei? Laß e laufe!

(Zum Vorübereilenden.)

Was machſch?

E Bruſt uf e Hüenerchräze. E Hanbhebi an e Strauſack,
an en alte Mehlſack.

Biſt fertig?

Jo bis as Wurſte.

Häſt uusgſchloofe?

Nei, i möcht z'Nacht wider.

Gueti Anbacht verrichtet? (Nach vollenbetem Gottesbienſt
in ober außer der Kirche. Thurgau.)

s'Beſt tho.

Häub er o für mi bättet? (Thurgau. Solothurn.)

Was läbſch?

Gſunb unb bös Gottlob. J chume dervo.

Läbt er au no?

Jo er iſt no wüeſt läbig.

Wie goht's?

So ſo la la. J cha neume nib rüeme. s'Macht ſi.
Es iſt au e ſo. Es thuet's. s'Mueß guet ſi bis s'
beſſer chunnt. s'Chönnt beſſer goh. Es geit gäng wie
gäng, eister wie eister. Wie's will. Wie's be Tüfel
am liebſte het. Wie uf ber Geisle gchlöpft. Wie e
Bröckli Brot. Wie Schmalz. Nüb uf eim Bei. Uf
zwei Beine wien e halbe Hunb. Uf be Chöpfe we me
Negel in be Schuene hät. Es goht wie's cha unb mag
unb goht boch nib rächt. Es goht zweimal übel öb
einiſch guet. Wie goht's? wenn's nib bricht ſo loot's;
ritet's nib ſo goht's.

Wie biſch über be Winter cho?

Wie s' Goſſauer Hüenbli: mit Marter. *) (Zürich.)

Heit er Spiillüt im Muul? (Zahnſchmerz.)

Was wäm mer mache?

Chatze bache. Niberhocke unb lache.

_____

*) Wortſpiel mit Marder.

Well Zit isch?

E chli meh weder vorig. So spat das gestert um die
Zit. Dreiviertel uf Bohnestäcke. Viertel über be Chämi=
stäcke, und wenn b's nid glaubst, so schmöck am Stäcke.
Halbi brüber, und wenn's bruff ist, so schloht's.

Was für Zit?

Was under em Zeiger liit.

Was heub er z'Imbig? Was git's au hüt z'Mittaag?

Suppe, Gmües und b'Feifter zue. *) Chämiwürst und
b'Feifter zue. Wäntelechrös. Wälschi Kukumere und
bütsche Saloot. Laßfiipastete und Mangelturte. Gmun=
bierti Chnöpfli. Marzipan und Speiete. Giggernillis
und Chräbsläbere. Spimuggeneier (Spimuggehirnli),
Chräbschuttle und Schnäggenohre. Dige Bocksfüeß und
Spimuggelechrös. Gschneßlet Schabhüet ond bega Bock=
füeß ond tüer Schneeballe. Gimpeßbee ond bbroota
Nobla ond bega Bockfüeß. Ghacket Schnauze und e
früntlis Mählmues. Gwönderlisuppa ond Fröglt brin.
Gwönderzonna ond Frognomma.

Was für es Chrömli bringst mer hei?

Es Nuteli, es Tuteli und es Leerheigängeli. Es golbigs
Nüteli und es Draheigängeli. Es golbigs Nüteli und
es silberigs (e lange) Denkbra. Es Nütebrückli und es
Nienewägeli. Es Nienewägeli und es Hätteligern, es
Wärtelilang und es golbigs Nüteli bruff. Es gulbigs
Nienewägeli und es längs Beitewiili (und e lange
Wartißbruff).

Wer ist bi euch?

D'Frau Bas mit der Schnorenas, der Lebbär **) und
fi Frau, kennst's au?

Woher bist?

Bo Nieneweerd und boch bo.

---

*) Wortspiel mit: Fleisch daju.
**) Le père.

Chind, wesse bist?

Dem Aetti und der Mueter und s'Bögelis uf em Mist.

Wo ist er?

Zwüsche Hut und Ohre (i der Hut und zwüschet de Ohre, i be Hose und zwüschet be Ohre), und wenn er nid dert ist, so ist er verlore.

Im Hämp.

Was seist?

De hebsch e Nase wie en Wulheist (Aargau; wie en Schueleist: Zürich). I der Müli seit me's zweumol. De Pfarer prediget nu eimol. Das seit me nid nie= berem Nar.

Was säst?

Hans Gäst. (Appenzell.)

Was isch?

Meh Wasser as Fisch.

Mänttg.

Was?

En broote Has. En alte Has und gäng no was. En alte Has, het s'F. voll Gras. En alte Has mit langen Ohre het s'F. verlore. En Fuchs. E versunfti Chatz, wenn's bi bißt so chratz. D'Chatz ist bi Bas, der Hund ist bi Vetter, schleckt alli Tag Bletter. Katz ist bie Bas, Hund ist der Vetter, Gaiß frißt gern Bletter. Es Hämpveli Gras, wenn's bi brönnt, so blas. Alti Frau Bas. E nasewiisi Gwundernas. s'Ist jedem Nar e Frog erloubt. Gfrogt hesch.

Wa?

Hesch's am Zah, putz b'Nase dra.

Bim Sant Antoni von Pabua suech mer was i verlore ha.

Wer?

Der alt Bär. Der Hans Blär. Der Peter Blär. Der Blär, si Frau und du au. De Herr vo Leer und si Scheer und si Frau und du au.

Wo?

Drei Stond hönder Gotterbarm.

Z'Bümpliz uf der Pelzmüli.

Z'Tripstrill wo b'Gäns Hoorseckel trage.

Wo ist der fernbrig Schnee?

Wo brönnt's?

Im Füüröfeli.

Wänn?

Das weiß ke Buur i der Gipf.

Ano Tubak. Ano Schnee bi dem groose Nüüni wo de
Bach über be Haag ie glampet ist.

Morn z'Nacht, wenn b'Mueter Chüechli bacht.

Z'Nacht, wenn b'Chatze enand chreze.

Wenn b'Chatze Gänseier lege.

Wenn b'Hüener fürsi schareb.

Wenn b'Chue en Batze gilt.

Wenn. de Rhii brennt und b'Chue brei Batze gilt.

Wenn en schwarze Schnee fallt.

Wenn b'Chiselstei teigg werdeb.

Wenn b'Aare (be Rhii) obsi lauft.

Wie?

Chrüzwiis und überzwerch.

Wie vil?

Sibezächni und es Chrättli voll.

Wie wit?

Bis in alte Kaiser in Basel.

Wie alt?

Der Chopf ist so alt as z'F., und z'F. het no nie zahnet.

Worum?

Nienerum. Asborum. Wenn i pfiise so chumm.

Bo wäge wui und nesba.

Woromm?

Wägem Färber im Schönagrond. (Appenzell.)

Los! — Wenn's bi brännt so bloos.

Wottsch es müsse? — Nimm e Ma (e Dreck) und chüsse.

Witt e Zwätschg? — Bist e Här.

Hesch kalt? — So schlief in e Spalt.

Hesch warm? — So schlief in e Darm.

Hesch heiß? — So schlief in e Gaiß.

Hesch eberecht? — So schlief in e Metzgerchnecht.

Hesch mi welle? — Schleck de Chelle. Chatzechelle.

Du chälis Wunderchelle!

Wunderfitz, häsch s'Näsli gspitzt, hät doch nüt gnützt.

Für de Glust hest gha und für de Hunger isch's nüt.

————

Bhüet i Gott! Bhüet is Gott! (Zürich.)

Bhüet ech der lieb Gott! (Bern.)

Bhüet ech der Herrget!

Bhüet Gott, iß z'Vesper wenn d' no nüd gha häst.

Gott bhüeti und gaumet! (Zürich.)

Gaumed wol. Händ churzi Zit.

Läbit wol und zürnet nüt.

Adies und nähnd nüt für unguet.

Abie läbed wol und thüend au wien ich jetzt thue.

Thue au rächt, se verwunderet si b'Lüt.

Chum au guet hei.

Chöund deß gliiner wider.

Chömed au wieder bis zum Kafi.

Chömed au — bald nümme.

Chömed au meh zuen is.

Chönd meh.

Chömed meh zuen is — mer sind gern elei.

Schlofed wol.

    Thüend em au e so. (Zürich.)

Schlaf wol und lig übel, bißt's bi so schitt s'Grigel.

                    (Wallis.)

Nachtziggi, daß b'Chatz bi der liggi! (Kinderrede.)

Guet Nacht — dur e Wald ab.

t'Nacht äbi Gott!

Get mer ewe Litu gut Nacht. (Wallis.)

Walt Gott trüüli!

Glückswunsch.

Neujahrwünsche.

J wünsch ech es glückhaftigs, frieb= und freuberiichs, gsäg=
nets neus Johr; i wünsche, das er no vil folgebi Johr
mögib erläbe i gueter Gsundheit und allem Säge.

Dank i Gott, Gott gäb ech au so vil.

J wünsch ech es guets glückhaftigs neus Johr und Alles
was der gärn hättib (und Alles was ech wohl chunnt
a Liib und Seel — und Alles was ech wohl thuet hier
zitlich und dört ewig).

J wünsch ech es guets glückhaftigs neus Johr mit mehrere
Freube, mit minbere Sünbe, das mer enanb einist
chöneb im Himel finbe.

J wünsch ech, as er no lang läbib und gsund blibib und
vil Glück erläbib und daß ech einist der lieb Gott zuen
em i Himel uufnäm.

J wünschen ech as guets u glückhaftigs neus Jahr u zletsch
as säligs Aend. (Bern.)

J weusch der nüb as s' lieb Herrgotte=Glück. (Zürich.)

So vil Tröpfli im Räge, so vil Fätzli im Schnee, so vil
Sand am Meer gläge, so vil Glück und so vil Säge
wöll euch Gott der Höchste gee. (Aargau.)

J weusche bir au was be Bruuch ist.

J weusch der Glück und groß Jück. *)

_____

*) Scherzhaft.

Beileidsbezeugung.

De Herrget wel i s'Leib ergetze. (Zürich.)

Bhüet is Gott vor Leid.

s'Isch ech bös gange.

Tröstet ech, er het's bört besser.

Will's Gott so hend er e Seel im Himel.

Tröst ech Gott in eurem Leid, des Chindes Seel im Himel sei.

Ach tröstet euch, unser Herrgott hät's githan; es ist doch no
    nit der Verlust van ar Chuo. (Wallis.)

Hend churzi Zit.

Me mueß wider mit be Läbige huuse.

Hälf (tröst) ech Gott im Leid.

    Bhüet (bewahr) ech Gott vor Leid. (Erwiederung.)

Interjectionen.

Verwunderung.

Potz Dä und Dise!

Potz Straßburg!

Potz Strehlwetter! Potz Wetterli! Bim Wätterli!

Potz Himel a der Bettlade!

Potz Donnstig vor em Fritig!

Potz Tüfel wille!

Potz Tüchtig!

Potz tuusig, hüt ist b'Chatz kei Härr!

Potz tuusige Däge, der Wind chunnt vor em Räge!

Potz tuusig Sack voll Aente!

Potz Sapperment — Safferment — Schlapperment — Sap=
    perlenz — Sapperstrenz — Sapperdie — Sappermost —
    Sapperlot!

Potz Hackement — Hackermänge — Hackermost!

Potz Ment! Bockermentlig!

Potz Chrüzifahne und Chriesiftei, d'Buebe füere d'Meitschi hei!

Potz Chrüfeli!

Potz Schock Milione Patrone, der Dobell chunnt fie flohne!

Potz Hebet!

Potz Hund!

Potz Hüenertod be Güggel ift en Wittlig!

Potz schimpfig!

Potz Chrieg!

Herrgott Niniveh!

Nundedie!

Bardi!

Herr Jee, Jeeger, Jeegerlis, Jeemer, Jmmers!

Jes Marei!

O Jöses Gott!

Um tuufig Gotts wille! He z'tuufig!

E Gotts Here Gotte Name!

Ach miineli!

O Himel schick Paftete und mir be gröft Bitz!

En Batz i thue! (Bern.)

Verzieh mer'sch Gott!

Verzieh mer's Gott mi schweri Schuld!

Tüfelsparnam!

Tüfelsparhutte!

Tüfel abenangere!

Tüfel nimm mi nit!

He nei flieh mi au der Tüfel!

Was der Tüfel nid thuet wil er jung ift!

Eh der Tütschel!

Was mues men ä no ghöre bis men alt ift!

Dunnerschieß!

Der heiter Donner schieß!

Z'Dunner dänn au!

Z'Dummer Hammer!

He z'Strom!

De Chätzer wille!

E der Chäpper!

Bim tuufig Chäppeler!

Du ebigi Saite!

E du miin Trost!

E du grüeni Barmherzigkeit!

E du armi Grächtigkeit, liift im Bett und hest ke Chleid!

E du gschickti Wurst, gift über s'Johr en Schüblig!

E bhüet is Gott, i mueß schier zum Chrüegli werde und
    zum Gütterli use luege!

E bhüet is Gott und alli Wält!

Ae bhüet is Gott und gsägn' is Gott!

Bhüet is Gott und Vater!

Bhüet is trüüli!

Ae Bhüetiskeit!

Ei Jochelee! (Zürich.) Jocheli! (Bern.)

Nei ses gwiß! (Bern.) Ninis gwüß!

Nei bim Hund!

Nei bim fuule Dunnstig au! (Zürich.)

s'Wird ämig au nid si! (Zürich.)

Hetocht! *) (Appenzell.)

He du aller Wält!

He du allmächtigi Güeti!

Mit sammt em! (= ei ei.)

He se nu se be!

Lueg au bo here!

Gäl au bo here!

Los ä bo zue!

Schla mi s'Gitzi!

Oppis Hunds!

s'Ist e großi Helleftroof!

---

*) = Warum nicht gar!

s'Ist e Wältsstroof!

s'Ist e großi Strooß bis ge Basel abe!

s'Ist dänn doch zum Wildi werde!

s'Ist schröckeli we me grüseli dra dänkt!

Ist das au menschemügli!

Das ist gegen alli Ehleiderornig!

Das ist majorisch! (Aargau.)

Das ist en schöne Apropo! (= Unterschied.)

Das ist nib nüt.

Jez wird's mer nümme besser!

Merksch de Schapiter!

Häst gseh rüche!

Häst mer e niene gseh!

Häst e gseh de Billeter! (Zürich.)

Kei Wunder macht de Hund Plunder: er het der Mueter
b'Buchi gfrässe!

Nid e Wunder sch. eust Chue Plunder: si het gester e Bett=
zieche gfrässe!

Ebe so mär ist d'Geiß verreckt!

Da steckt de Butze!

Es het mer doch no welle sii!

Betheuerung.

Jere ja! (Bern.)

Jo scho! (Zürich.)

Jo derzu!

Säb isch!

Säb wett i meine!

Allwäg!

Perse, Persche!

Wowoll, Momol! Spaß aparti!

s'Isch nu se gwüß!

s'Isch kei Red! (= gwüß.)

s'Bott! (Bern.)

Wäigger! (Zürich.)

Dütli! (Bern.)

Schätz wol! (Zürich.)

Säg i heb's gseit.

Mis bhalts.

Oppe ja! Oppen au!

Oppe Gottel, egottel, egoppel, goppel, goppel au, goppelheja,
Gottwell! So Göttel! Ja s'ber Gott! (Bern.)

Bigopp, bigopplig, bipopp, bigopslig, bigotzlig!

Bigost, bigostlig, bigöst, bigöstlig, zgöst!

Bigönig!

Bim Goffert!

Bim Hebet!

Bim dreibeinige Donnerstüfel!

Bim Tüchtel, bim Dütschel, bim Dieter und Dütschel!

Bim Tüüggeler!

Bim Tüner!

Bim Tiller, bim Tilber, bim Täller!

Bim Tiger!

Bim Hell!

Bim Hackementlig!

Bim Chrüz am Stäcke!

Bim Chrut am Becki!

Bim Chrutmilzbrand!

Bim Dunderli!

Bim Dolber!

Bim ebige Strom Dummer Hammer!

Bim Strehl!

Bim Wätti!

Bim Schnegg!

Bim Hafner!

Bim Bluest!

Bim Drack!

Bim Hund!

Bim Eicher, bim Eichli, bim Eicherlig, bim Eichle=Drü,
    eibli bim Eib!

Bim Chätzli!

Bim Heuel!

Bim Aveheuel! (Luzern.)

Bim De und Dise!

Bim Gwüsse! Bi Treu und Säligkeit! Bi mine Muet!
                     (Aargau.)

Mi Seecht, mi Seechtlig, mi Sechti, mi Sex, mit thüri
    Gott Seel, mi armi thüri Himelsgottsseel, mi Armi,
    mi Thüri!

's'Ist mit Gott Seel wohr!

Es ist so wohr as Ame!

Nähm's der Tüfel es ist wohr!

Nähm mi der Tannast!

Der Tüfel soll e Schelm si — der Tüfel soll verrecke, wenn's
    nid wohr ist! I will nid flueche, aber der Tüfel söll
    mi näh!

De Güggel soll mer s'Westli verbicke!

Der Stier soll mi hudle!

Es soll mich ds Böscha holu! (Wallis.)

s'Heilig Donnerwetter soll mi verschieße!

Das Möckli Brod soll mi verspränge!

I will nid vo dem Platz eweg cho!

I will nit lebens hie hinne gah!

I will kei gsundi Stund meh ha!

I will kei Theil am Himmel ha! I will s'Tüfels ver=
    fluecht sii!

I will mi lo henke!

I will mer lo de Chopf abschlo!

I will mi lo z'Chrut und z'Fätze verschlo!

I will mi lo verriiße und verzehre!

I will mi lo i d'Pfanne haue!

I will hinderfi ge Rom laufe!

J will der gäbele es isch so!
J will Hans (Hansjoggeli) heiße!
J will en Chäzer see!
Es gilt es Chüechli, en Schüblig!
Do bißt kei Muus en Fade meh ab!
So hät be Hund e Schnore!
J wett en Finger ab der Hand drum gee!
s'Mueß sii wie wenn b's an en Ofen ane rebtist!
Wenn b's nid glaube witt, so bätt bis b' zum Glaube chunnst.

Aufforderung, Abfertigung.

Mach mach! Mach as s'lauft! Mach au!
   J bi scho gmacht, aber gar übel grothe.
Ufrecht, b'Auge find obe!
Hoscho! Sabie! Sebie!
Chum los mer abu. (Wallis.)
Heb b'Hand an Bast!
Fest am Stäcke!
Druuf mit der Läberfülle!
Hau zue so wird's Suuntig!
Tummle di Fuchs, der Tag ist churz!
Nu nohe mit dem F., nohe mit der Wiebe!
s'Muul uuf ober be Gälbseckel!
Hau si Lukas, es ist en Amsle!
Hü Bützi der Baum uuf!
Hü devorna, so goht's be henna!
Iß uuf, so git's schön Wätter!
Säg's Niemertem weder s'Heere Büseli.
Wag's nu, b'Frösche waget's au wenn si is Waffer springeb!
Uße Bueb, der Vater het s'Hüsli verchauft!
D'Hand vo der Butte, s'find Wiibeeri drin!
Schmöck am Faß, es grönelet.
Schmöck am Stitzli, es gräänelet.
Häsch errothe, schmöckich de Broote?

Hüst ewegg, hott bin i schulbig!

Uufghört mit den Jmbe!

Abe Büsi, Büsi undere!

Thüend doch au wie wän er Mönscheverstand hettib!

Hürentbeiß gib bisem au eis.

Witt mi, so hol mi!

Dankt Gott, so cha mes i der Apitheegg chaufe!

Platz für sibe Ma, s'chunnt e Mugg — s'chunnt e Hürlig!

Platz für sibe Ma und es Tünkli!

Stille Mure, s'goht en alti Frau bo bure!

Stille Mudere, b'Geiß ist chrank!

D'Häpf ghört be Gottlose: Better nimm si bu!

Nu zue, b'Fötzeli gänd au warm!

Stand dem Tüfel a b'Nase=n a!

s'Ist Ein Tüfel. Ein Dummer! s'Wirb Ein Hunb si. Das wirb der Chatz kei Buggel mache. s'Frißt kei Heu. s'Liit a keim wachsige Schabe. Das ist gliich, b'Frau ist riich. Das ist mer se lang as breit. Das leit mi nib ungschloofe. Das ficht mi nit. Das mag schi nit erlibu ufzbirrun (aufzuheben, Wallis). Wäge bem binge=n i keis schwarzes Schnüerli um e Huet. Darum spiwe=n i nit uus. Darum möcht i nit hin=berschi lozu. J gäb kei Räbeschnitzli brum, kei suli Bire, kei leeri Nuß, kei Brüse. Kei mi nit brum. J wett ber nit bruuf gige, nib guugge bruuf, nib brum geine, nib b'Chappe lupfe, nib chäse bruuf. J wett für bas nit der Pumperniggel singe. J pfiiff ber brii! J pfiiff ech i b'Chucht! J wett wege bem nib nmeluege. J ließ kein Schnell befür. J wett nib Für schlo brum. D'Großmueter ist wäge bäm gäng no bie älteri. Es henkt si kei Buur brum. Gschäch nüt Bösers! Mira woll! Mira, wa zletscht. s'Ist mer ei Thue, hoorgliich, Chäs. Darum griiff i nit a bs H. s'Ist a Gfohr.

Heb kei Chummer für alt Schue, für alt Hose! s'git all Tag.

Du muest kein Chumber ha as de Schnee brännt.

Laß du nu de Vogt la gaufere! Für's Anber laß du be Vogt
    geifere: er geiferet für die ganz Gmeind.

Laß du nu b'Wält rauche, si het e langi Pfiiffe!

Tüfel nimm die Geiß, s'ift nume=n es Mutzi!

Tüfel biiß ab!

Der Tüfel chönnt e Schelm sii!

Der Tüfel chönnt be Lätz neh!

Mira säg du em Chälbli Chue!

Stell di Bock, so cha me di mälche!

Hott ume! Aber hott Frack!

Wird nid gschnupft!

Hinderfür ist au gfahre!

Chehr jetz einist der Sack um! Gugg is eige Häseli!

Du hettist zerst sellun über dini Achslen lotzen.

Gang mer us em Gäu!

Gang mer ab der Guge!

I wott e kes Helgli!

De bist egoppel überhöschelet!

Mach mer keini Stempeneie, keini Spargimenter, keini
    Spentisözie! Mach mi nid taub!

Chumm mer nid i b'Lütri, du hesch kei Chüechli gässe!

Jo jo be muest ha — aber nöb bis der Ahau chalberet ond
    b'Saue uffslügib. Muest gha ha am Nümmerlistag.
    Bisig cha no mängi Muus in en anders Loch chrüche.
    Me cha bis dänn sterbe und wiber umecho.

Ja gschwind chumm se!

Jo chumm ämel be!

Jo friili häm mer au Räbe, aber b'Großmueter trinkt
    de Wii. Jo friili häm mer au Räbe, aber e Roßbäre
    voll Güeter und e Leiterwage voll Schulde. I ha brei
    Jute an eim Stickel, aber b'Großmueter trinkt de Wii.

Lüt nu no e chlii, s'chunnt grab öpper obe=n abe.

Wol, i wett au das i müeßt! Z'leib nid! Nüd um e
    Chalberchue!

Nib um füfzg Zwätschge! So weni as der Tüfel e Helge=
    träger git. Ne nabisch Bott nit! Nei nis bott! Mit
    keim Lieb!

Thue mer z'Buech zue!

Es ist mer nüd a.

Es ist e keu Speuz werth, e kei Stübe Mähl.

En Dräck, en Chatzespäck, en Chabis, en alte Chäs, en alte
    Hunb, en alte (rothe) Tüfel ja woll! Dem Tüfel is
    F. jo woll!

Chaft heischriibe! Chasch es dem Vater säge unb der Mue=
    ter singe!

Chauft mer chüberle, höbele, ge böhnele cho, gstole werbe.

Chaft nu Täller säge, so git's no e Wurst berzue. Du chaft
    nu säge Täller, dänn brootet mer ber b'Wurst. Me
    wirb der e Hüenli bur's Choth jage, bu muest em
    s'Töpli schläke. Me wirb der chüechle. Me würb der
    benn grab uf em Stüeli sitze.

De Vorschlag cha me im ene Hunb an Schwanz hänke.

I will nit bi Schuelumpe si.

Merkst be Pösche?

Das ist die recht Höchi!

Guet Nacht Schnäpf, mer wänd is Tirol!

Gang besser übere wo's Babisch ist!

Furt mit der Trucke!

Es goht bi kein Dreck, kein Tüfel, kein Chatzechellen a.

Wenn's der nit gfallt, so steck en Stäcke berzue.

Du verstohst en Hunb bervo.

Chumm mer z'Tanz! Chumm mer a b'Chilbi! Chumm mer
    won i meine — hinnen ume — won i hübsch bi!

Leck mi wan i hibs bin, ben bruuchst niena anzfahn.

Bloos mer i b'Schue — won i hübsch bi. Bloos mer
    Aesche! Blooseb is b'Lüt b'Aesche!

Spöter wirb's schöner!

Mach b'Chue nib, s'Fueter ist gar thür!

Bis kei Chue am Hochstg!

Hör ober häb Hochstg!

Wurst wiber Wurst unb en Halbbatze=n is Chrättli — unb
   en Batze i b'Schüßle — unb en Schillig i b'Platte —
   unb dem Chinb en Batze!

Bis mer nib bs'Herrgets!

Du Trost! Du Nachtig! Du Nachtlig!

Das sind Thorejoggelsache!

Wenn b'en Nar witt, so chauf der en bleierne, be chast e
   dänn drucke wie t' e ha witt.

Lauf so wit me Brod ißt — so wit me chocht unb bacht —
   so wit be Himel bloo ist. Lauf in aller Söue Name
   (Spring alle Söue noh), so frißt bi kein Jud. Lauf
   nume zue, der Schinger het et Hut nöthig. Glücklichi
   Reis unb Wasser i b'Schue.

J ha dir en Dräck z'besäle unb bu mir e Brotwurst.

Helf der Gott in Himel use — so chunnst mer zur Stube=n us.

Gäll bu morist mi glii uf der obe ha!

Häst e schöni Chilbi agstellt!

J will der danke mit eme spitzige Hölzli!

Du bist en Etcetera.

Säg mer alli Schanb, bu Laster!

Du sottisch bi i bis blüetig (brüetig) Härz ina schäma.

Mach as b'zum Loch uus chunnst!

Lo mi i Noth.

Gang mer ewegg, i ha mis Bsunberig gern apartig.

(Nächtliche Aufforderung zum Raufen:)

Hut!

Hoor uus! Här cho!

(Beim Schlittenfahren:)

Atwäris (etwäris. Aargau. Zürich u. a.)

Ab! Ap hee! (Ostschweiz.)

Bueß! (Aargau.)

Huet! (Zürich.)

Drohung.

Gib Acht, suft chunnst frönd Händ i b'Hoor über!

Gib Acht uf b'Schanz! Wen i der guet zum Rath bi, so
hör! Gwahr di und unterstand di das!

Heb di a warme Spiise! (== nimm dich in Acht.)

Heb Sorg, daß b' b'Auge nib abbrichst! Heb Sorg zur
Trucke!

Wart i will der b'Noth ithue! I will der b'Nöth uuschlopfe.

Wart i will di päckle!

I will der gugge! I will der s'Heu dünner schüttle! I will
der s'Messerli wider gee! I will der b'Zunge lupfe!

Dene Müse ist scho no zrichte.

Der Haue wird wol en Stil zfinde sii.

Dem will i der Pflanz mache, b'Lüs abe thue. I säg em's
i b'Fräsfen ie.

I will mit em z'Bode rede. I wil em be Kavelantis mache.

I will ems itriibe. I will em zünde, heizünde. I will
em für's Wätter lüte. I will em der Zäcke läse. I will
em der Binätsch erläse, b'Gräth erläse.

I will ne bschloo, daß er nib mueß für en anderi Schmidte
goh.

Hau em be Chopf ab, so het s'F. Firobed.

I will dir zeige, wo der Zimberma s'Loch gmacht het.

I will der zeige wo b'Chatz im Heu liit.

I will di lehre b'Chappe chehre.

I will di no lehre Haber bicke.

I will di zum Brunne füere as b'vo sälber lehrst suufe.

I schloo di as der vierzäh Tag s'Lige weh thuet.

Er mueß es verchnorze und wenn er Scheidwegge näh müeßt.

Es mueß do dure und wenn's alli Mumpvel er Ma choftet.

Es mueß iez dure druckt si und wenn's alle Hünde = n in
Schwänze weh thät.

Er mueß mer ungspitzt in Bode = n ine.

Sei's Gerste, worum het si Hoor!

Mueß bi bim Bösche neh? Mueß der eis uf b'Ohre zweie?

Mueß der eis über s'Gsicht abe flattiere?

Wottsch e Tusol?

Wottst eis uf be Dolbe, uf s'Dach, uf b'Chürbs, uf b'Räb,
    uf b'Nuß, uf b'Niß, uf be Räggel, uf be Nüschel?

Nimm das uf bin Salveni Buggel! Da häst e Flangge!

Der Wiberfetz (Vergeltung) wird au cho! Es ist no nib
    aller Chelle Abeb.

Du chunnst i Rollhafe, is Runggelis Hafe, zu's Hänis
    Gizzi, sibe Schue unger b'Platte.

Hett i si bi den Ohre, sie müeßte mer Herr Jesis pfiife.

J will em der Gring i Bahre ueche bringe.

Er müeßt verschränzt si wien en Birewegge.

Mach i git ber eis! Mach nib i lo b'Chatz us em Ermel.

J nimm bi vor be Fridesrichter!

Jez han i be gnue!

Verwünschung.

Hol's der Bumsi!

Hol's der Beiheirech!

Hol dich der Räbhänsel!

Schieß dich der Schnägg!

Das soll doch dem Guggich eu Ohr abschloo!

Das isch es Lumpezüg!

Es möcht eine stigelisinnig unb gatterläufig werde!

Me möcht so uf der Sou furt. J möcht uf der Sou zum
    Land us rite.

Es ist erger as b'Mueter azänne.

J weusch der en böse Nochber unb e Floh is Ohr.

Jhr verfluechte Malabers Galater am sächste!

Jhr Feekels Chätzere! Jhr Dotterschieße! Jhr chälis suule
    Hünd!

Du Chätzis Bueb! Du tufigs Chäppeler! Du Läcker!
Du wüeste Gaft! Du wüefti Loos!
Du ebige Fäldfiech! Du bifere und bänere!
De Donnftigs Schnürfli!
De verfluecht millionstufigs Donner!
De Sibehögershoger! De Hellhund, be Dreihung, be Erbe-
cheib, be Charefalbchüng, be Stopfli, be Sürfli, be
Anketanzer, bie full Wättere, be Strupf, bie Metzger-
moore, bie Läbi, bie bolbers Häx, bie Blättere, bas
Trüech, bas Fürblattehuen!
I wott er wär as Tüfels Chilbi!
Es gscheht em uf b'Nafe recht.
I wett, baß be Stößvogel be gnoh hett!
Wenn b' nume roth würdift! Wenn b' numen au ver-
funkift — z'Dräck verfahre thätift — z'Tob gheitift —
b'Bei abgheitift und be Grind verschliechift! Wenn bi
nume s'heilig Dunnerwetter verchlöpfti!

Nachsprechscherze.

La mi la gah i la bi o gah. (Bern.)
Näi näi au ämig au äifig ä fo äläi. (Katzenmusik.)
Hät der öppen öpper öppen öppis tho?
Basler Beppi hesch Bibi am Bobo?
Ein Bage bige boge buge Packpapier.
Ein Bige Boge Poftpapier, zwee Bigo Boge Poftpapier u. f. w.
Beck back Brod Bueb bring's balb.
Uf dem bibabunte Berg wachfed bibabunti Lüt, und bie
bibabunte Lüt hend bibabunti Chind, und bie b. Chind
effed b. Pappe und der b. Pappe chunnt vo dem b.
Mehl, und bas b. Mehl chunnt vo dem b. Chorn, und
bas b. Chorn chunnt vo dem b. Berg.

Drei Tüfel händ b'Aal a b'Dili tho.'

Daß di doch der tuufigi Tüfel dur das dräckigi Dörfli D.
dure tribe thät.

s'Het mer trommt es hei mer trommt, trommt onb öber=
trommt; ist das nöb trommt, wenn's em trommt, s'hei
em trommt onb öbertrommt? (Appenzell.)

Es flüge seuf Bögeli vor seuf Feistre verbii.

Herbströselt wenn herbstelet me di? Im Herbst herbstelet
me mi.

Hinder s'Heiri Hallers Hüsli hange hundert Herehömli.

Heiri gang säg dem Heiri, de Heiri soll dem Heiri säge, de
Heiri soll hei cho.

Hinder s'Heere Hag unb hinder s'Heirihansjoggelis Hinder=
huus hangeb hundert Hüener=, Hase= und Härböpfel=
hüt.

Hinber s'Hare Here Hire Hanse Hus han i hundert Hase
höre hueste.

Es hobsgeret mer, hobsgeret's der au? Sela wie lang
hobsgeret me no?

Es chäbislet mi, chäbislet's bi o?

Der Chabis het gchäbislet unb chäbislet no; wenn der Chabis
chäbislet, so chäbislet er si; chäbislet er aber nit, so
chäbislet er si nit.

Wer cha ne Chalbschopf choche? s'Kaiser Karlis Chöchene
cha ne Chalbschopf choche.

Kei chlii Chind cha kei Chabischopf choche, choche cha kei
Chue, chüechle cha kei Spatz.

Das chost kei chalt Chrut.

E so ne Läbtig wie de Läbtig e Läbtig gsi ist, han i no kei
Läbtig vo=n alle Läbtige wo=n i erläbt ha, erläbt.

Metzger wetz mer s'Metzgermässer das i cha mi Sou erstäche
— das ich cha mis Chälbli stäche.

Meist mächst Most?

Z'Basel uf der Rhiibrugg sind drü Liri leeri Röhrli, und
die drü Liri leeri Röhrli lehre b'Lüt rächt rede und
nid lurgge.

Z'Muttez uf em Kilchspitz — Z'Chilchberg uf em Chile-
spitz — Z'Kostez uf der Rhiibrugg, da stönd drü neui
Rölleleer und die drü u. s. w. Z'Wiinige z'Wenige
z'Würelos bet stönd drü neui leeri Röhrli und die
drü u. s. w.

Z'Rhiifelde uf der Rhiibrugg liit e raui laui rääßi Rehlä-
bere.

Schau schau Schang, b'Sunn schiint scho.

Wäm mer wäre wo mer wötte, wo wäre mer wol? Mer
wäre wol witers weder wo mer wol wüßt.

Wenn das Wörtli wenn nid wer, wer mi Vater au en Her.

Wenn Wasser Wii wär, wer wett welle Wirth werde?

Wenn Wasser Wii wär, wo wette Wiiber Windle wider
wiiß wäsche?

Chau b'Sach zerst säb b'redst.

Mäie b'Abt au?

Drü Häseli und es Schit derzwüsche.

Tummle di Halbbatze, z'Friburg under der Brugg musteret
me di.

Anneli stand weibli uuf und zünd b'Chue a, b'Laterne wott
chalbere.

Am obere Thar sind Oepfel zverchaufe, die suure für süeß
und die sibe für acht.

Guete=n Obig, morn z'Obig werdeb si de Hans Fademai
der Haspelgaß vergrabe, sägeb's au den Undere, die
Obere müsseb's scho.

Mornemorge a der Maienoftere, wenn b'Aegerfte gitzle oder
z'Obigmorge zwüsche Pfeiste=n und Brämgarte um drei
Viertel über's Hömli abe werdeb si de Hans Schnüber-
stich im Chnopflochhüsli vergelbstage; wenn's no nid
all Lüt müsseb, so sägeb ne's au nid.

Z'Mülige z'Melige z'Würelos bört ftönd brü liri leeri Roß,
wer bie brü lire leere Roß recht rede cha, ftooßt a ber
rechte Reb nib a.

Setz bi, Ankeböckli, morn mufteret me bi! (Zum fallenben
Kind.)

Sprichwörtliche Namen-, Reim- und Wortspiele.

Namenspiele.

Bartli bis arti.

Chriftöffeli Pantöffeli.

Anberees Chrottechrös.

Lorenz het b'Hofe verfchrenzt.

Franz het i be Hofe=n en Schranz.

Er foll heiße Franz under ber Nafe ganz.

Micheli Mächeli mach is Chächeli.

Thomma kehr b'Stonb omma.

Ruebi verthue bi fo wit unb breit, bis bi be Tüfel i b'Höll
abe treit.

Fribli hänk b'Hofe=n a b'Wibli.

David Meier Chrottebäuer.

Hans Ueli wo heft bini Schueli?

Joggelibock im Pfanneftiel cha lache unb zänne wie=n er will.

Hans Roth bu bift mer fchulbig brü Broot, be machft es
chrumbs Muul, ich na e vil chrümbers.

Hans Simen Ott ritet uf ber Chrott.

Du bift be Hans Egli, wenn'b kes Brob heft fo iß Weggli.

Anni Pfanni Cheffelbobe hät bem Tüfel b'Bei ußzoge.

Züfeli Büfeli Haberftrau git e gueti Bättelfrau.

Luftig ift mi Elfe, wenn i fäg i well fe.

Potz Wätter Frau Kätter!

Reimspiele. Gewohnheitsphrasen.

Jo jo säll glaub ig — die Müller sind staubig.

Jo liebi Frau Bas — wenn's rägnet wird me naß; wenn's schneit, wird me wiiß; wenn's gfrürt, so git's Is.

Ase — fangt me b'Hase bi der Nase we me's überchunnt.

Asen isch — wenn Späck und Fläsch im Hafen isch.

So isch es so gohts — wenn's bricht so loot's.

So goht's i der Welt — der Eint het de Seckel, der Ander s'Gelt.

Es mueß so sii — Schätzeli gib de Wille drii.

O heie — wer's Maie, so werib d'Chriesi riif und d'Heubire teig.

Ach Gott — wer i Landvogt, wie wett i d'Bure stroose; wie wett i d'Lüt zwinge, daß s'mer müeßtib Geld is Huus bringe; wie wett i d'Lüt bocke onb ene s'Geld onder be Regle võra brocke.

Daß Gott erbarm — sibe Suppe und keini warm.

Jammerthal — ist größer as das Turbethal.

Glück und Heil — und über s'Jahr e Wiegeseil.

Herz — wer nit gschnupe mag, be berz (beim Kartenspiel).

Trumpfuus — d'Chatz springt über de Hund uus.

Es ist en Ornig — wie d'Chatze=n im Hornig.

Mittwuche — steck b'Nase i b'Tischbrucke. Fritig — steck b'Nasen i b'Zitig. Finis — am Fritig ißt me kei Schwinis.

s'Schloot achti — is Bett mach di.

Eis — es ist alles eis weder b'Lüt nid (beim Stunden-schlag).

I Gotts Name — isch nid gschwoore.

Das walt Gott — und kei alt Wiib.

Das ist e Freud — is Hanse Hose.

Das ist klar — wie Wurstsuppe — wie Gülle.

Hellblau — ist bairisch.

Mi büssunt d'Flöh, es git halb wider es Jubilee.
Das tuusigs Wärk — ist halbe Chuuber.
Ufrecht — ist Gott lieb.

Wortspiele. Verblümte Redensarten.

Wer großi Füeß het, verstaht vil.
Bim Schlaage profitiert Niemert meh as be Metzger.
D'Bürger vo Dübedorf sind wit verbreitet. (Zürich.)
De Willemacher thuet Alles.
Wer nid läse cha mueß Butte träge.
Der Zimberma macht die beste Anschleeg.
Mues ist nid Suppe, Mues ist ober Suppe, Mues ist kei
    Chost.
D'Blaumüler [1]) sind die beste Reiskamerade.
Wenn d'Aaren achunnt, so brennt si.
Mach Mist wil d'Landpfleger bist.
Dur b'Stäge ue gheie chost fünf Batze b'Ell.
Er hät d'Stäge gmässe, s'ist vo der Ell en Grosche.
Wer weiß wo Gottswill ume hübelet. [2])
Es liit am Tag wie de Bur a der Sunn.
Es ist so ebe wie en alte Bärnbatze.
Fürio be Bach brünnt!
Der Esel goht vor. [3])
Es wird nid mit vo der Chüeweib use sii. [4])
s'Sind Stöck im Ofe — Es sind Chachle im Ofe — Es
    ist e Chachle i der Stoba — D'Stuben ist nid gwüscht
    — D'Chatz het e Noggele — Es mottet. [5])

---

[1]) Silbermünze.
[2]) = was noch geschehen kann.
[3]) Wer in der Rede sich Andern voranstellt.
[4]) Wenn Verlorenes gesucht wird.
[5]) Warnungen vor unberufenem Zuhörer.

Hür git's Zwätschge weiß kein Mensch wie vil.

Das stoht i de Buureregle. ¹)

Gät dem Vögeli au es Würmli. ²)

Si lüte dem Wuchehans au wider is Grab. ³)

Der Tannewiiß hät si ghänkt. ⁴)

D'Hase choche. ⁵)

Es isch e chalte Ma über Fälb gange. ⁶)

Es isch e chalte Ma vor der Thür.

Der chalt Ma häukt ech der Huesten a.

Me mueß dem Chind der Dokterbürcher reiche, der Wölbi=
vogt reiche. Wart i gib der birchigs Brod z'choorun.

(Wallis.)

D'Frau Bäsi hinder em Spiegel bhaltet bösi Chind im Zügel.

Wart i rüefe der Bäsi Gotte!

Wart i will der d'Ohre lo stoh und s'Läbe schänke!

Mueß der d'Ohre lo stoh und s'Läbe schänke und d'Hut
über s'F. abe häuke?

Wart be chunnst is Todtelöchli!

Hesch es Müsli gfange? (Zum fallenden Kinde.)

Wenn ber d'Zit z'laug wirb, so nimm si dopplet.

Wenn du's säge witt, so will ich's bohre.

Du dänk au: i ha bim Baden e Menschehand usezoge!

"De isch au en ebige Schölm gsii wo si ietho hät."

Lueg be schluckst öppis ine! (Zum essenden Kinde.)

De hesch Holz am Waage! (Zum Fuhrmann.)

Du wirst wol s'Maaweh ha? (Zum Mädchen mit Zahn=
schmerz.)

Anderi Chind sind Schleppseck, wottst au eine sii?

---

¹) = ist altbekannt.

²) Wenn Einer pfeift.

³) Dem Samstag.

⁴) Der Wald ist mit Schnee überhangen.

⁵) Der Wald dampft.

⁶) Der Winter ist gekommen.

Huus as vermaaſch z'warte! (Dem Gelbforbernden.)

Säg Erliholz und nüb buechis. ¹)

Du heſch Brob und i ha Käs (kes).

D'Tuub iſt kein Menſch, b'Tuub iſt en Chernedieb. ²)

D'Dilimueter iſt en Cherneblieb. ³)

D'Dilimueter iſt e Häz. ⁴)

Eh be het kei Hemb a! ⁵)

Du heſch mi z'Hochſig glaabe. ⁶)

s'Jſch doch au alethalben öppis, nu in euſem Chuchigän=
terli nid.

Mer hän no vier Site im Chämi. ⁷)

s'Ehri iſt mir lieber as s'Chupfer.

Si henb's gmein wie die erſte Chriſte. ⁸)

Si müenb mit enanb an e Hochſig — Si henb e Seel us
em Fägfür errettet. ⁹)

De iſt ſo guet lilade wie langs Strau.

Er het Eine uf b'Gable gnoh. ¹⁰)

De het s'Fueder no bonda. ¹¹)

Er lütet bem Eſel z'Grab. ¹²)

Es goht um wie s'Geißhüete.

Es vergoht wie en Filzhuet im Muul.

---

¹) Der Angeredete ſoll nur ſagen: Erliholz.

²) Der Angeredete ſoll verſtehen: Du biſt.

³) Der Angeredete ſoll verſtehen: Dini Mueter. Dilimueter heißt die
Maus.

⁴) Dilimueter iſt auch der Name der Spinne.

⁵) Man meint den beutenden Finger.

⁶) Wenn das Kleid ſich in bes Angeredeten Stuhl verfängt.

⁷) Der Hörer verſteht: vier Speckſeiten; der Sprechende meint: vier
Wände.

⁸) Gmein hier = armſelig.

⁹) Wenn Zwei gleichzeitig Daſſelbe ſagen.

¹⁰) = Hat die Schwurfinger erhoben.

¹¹) = Hat die Zahl vollgemacht.

¹²) = Baumelt mit den Füßen.

Das bruucht nib fo gnau zfii, me fchießt fo keine Bögel
dermit.

Drümol gfalze und doch no z'räß!

Drümol abgfaaget und doch no z'churz.

Gim mer au e chlii, i fäg der dänn Götti.

De Wirth het fin Wii halt vo Waffersdorf. [1]

J wett chüechle wen i Anke hätt, aber i ha kes Mähl.

J wett metzge wen i es Mäffer hätt, aber i ha ke Sou u. f. w.

Sprichwörtergloffen und Parodieen.

Frifch gwagt ift halb gwunne — b'Stäge=n ab gheit ift au
etrunne.

Recht thue ift Gott lieb — feit be Chernebieb: hett i nu e
Mugge gnoo, fo wer i beffer furtchoo.

D'Liebi ift blind — es chüßt e Mueter ihres rotzig Chind.
D'Liebi ift blind — fallt ebe fo liecht uf e Chüedr. as
uf e liebs Chind.

Strenge Gwalt wird nib alt — het mer bi finem Eid en
alte Schwizer gfeit.

Je meh fi fchreit, je eh fi freit — het me finer Läbtig gfeit.

Was recht ift, ift Gott lieb — wer er Geiß ftilt ift kei
Bockdieb.

Jn Gottes Namen — fpricht der Blinde zum Lahmen.

Bil Chöch verfalze be Brei — kein Dokter ift beffer as brei.

En blinde Ma en arme Ma — doch ift be no fchlimmer
dra, wo fi Frau nib meiftre cha.

Selb than felb heb — bis der b'Hechfe am F. chlebt. (Wallis.)

Selb tha felb hab — blas dir felb du Schadu ab.

Es het Alles fi Zit — nume die alte Wiber nit.

---

[1] Wortfpiel mit Baffersdorf, Zürich.

Es het Alles si Zit — wenn Eine bi sim Stöckli (gestecktes Ziel) ist, so mueß er goh wie en andere au.

Es wott Alles si Zit ha — no sogar e galti Chue (= die Kuh, die wenig Milch gibt vor dem Kalbern).

Alli guete Ding sind drü — und die böse vier.

D'Zit bringt Rose — aber zerst Chnöpf.

Morgestund het Gold im Mund — und Blei im Chraage.

S'Uchrut verbirbt nit — s'chunnt gäng e Hung u seicht dra.

Chleider macheb Lüt — und e Hoosig Brüt.

Es gaht nüt über gschiib Lüt — weder b'Hüt.

Gott erhaltet Alli — aber sumi numme schlecht.

Heb Gott vor Auge — und s'Brob im Sack und be Choch vor em Ofeloch.

De Glaube macht sälig — be Tob stärrig.

Neui Bese förbib wol — die alte wöhib b'Winkel wol (ober:) — nu gönb si nib i b'Winkel.

D'Wänd händ Ohre — und b'Stube=n Auge.

Im Düstere ist guet flüstere — aber nib guet Flöh fange.

Was chlii ist, ist artig — aber nu ke chliises Stückli Brob.

Bil Chöpf vil Sinn — het be Chabisma gseit, wo=n em s'Fueber usenand gfahre=n ist.

Ehre dem Ehre gebühret — Herr Pfarer butzeb s'Liecht.

S'Chunnt niene=n öppis bessers noche — as i der Ziger= suppe.

Alti Liebi rostet nib — seit be Dilthänsel, wo=n er sis verpfändet Zug wider gstole het.

Gebulb überwindet Suurchrut — und der Späck b'Rüebe.

II.

Redensarten

zur Charakteristik von Land und Leuten.

~~~~~~

1. Apologisches.

(Erzählende Sprichwörter.)

s'Zimberma's Gsell seit alig: J möcht nib ungwerchet sii
und wen i müeßt es halbs Johr bruuf warte.

s'Ruedibuebe Schaagg seit alig: J bi no z'jung zu dem,
fern wer i rächt gsii.

D'Brunnelisi het gseit: Lueg b'Bire=n a.

De Sigerist het gseit: iez ha=n i bigoftlig vergässe z'Mit=
taag z'lüte, wänn's nu au niemer ghört hät.

De Großvater het gseit, er sei mit sim Frack zweumol us
der Mode cho und zweumol wider drii.

D'Bluemehalberi die Alt hät gseit, wo=n ere be Pfarer uf
irem Tobbett vo=m e Jesus verzellt: me vernäm boch
nüd uf be Berge=n obe.

De Chüeferheiri het gseit, me sell kei Sou zuethue, halt
bänn me heb en Söuftaal.

Do müeßt i au berbi sii, hät be Chriesibueb gseit, wo=n
er uusbroche=n ift und me=n em gseit hät, er müeß
ghänkt werde.

Me mueß alles probiere, hät besäb gseit, wo me ne zum
Galge gfüert hät.

Henke het kei Il, het be Schölm gseit.

J mag nu nümme rede, hät be Chämifäger gseit, wo=n
er s'Chämi abe gheit ift.

J mag nib s'Mul ufthue, hät be Sämichafper gseit, wo=n
er is Gülleloch abe gheit ift.

Jez thue=n i kei Schnore meh uuf, hät be Pfarer z'Nidfi=
gänd gfeit, wo=n er mit der Chanzle i b'Chile=n abe
purzlet ift.

J ghöre b'Aegerfte rätfche, s'git wiber Strit, feit be Murer
Dävet unb nimmt fis Fräuli bin Ohre, wo bhautet,
bas fei nu Aberglaube.

Mer händ boch au no nie Strit gha, feit be Ma zu ber
Frau, unb prüglet fi, wil fi meint: fi hebib boch au
fcho mitenanb zangget.

s'Jahr ift längs unb bermalen ift Mängs, het ber Chriften
am Nüjohr gfeit, wann er nit het welle vil bruuche.

Es ift kein Menfch gfchulb as s'Müllers Hunb, hät fäb
Büebli gfeit.

J ha bie Befti, hät ber Zieglerhansheiri grüeft unber e
Gfchaar Manne, wo en jebere fi Frau grüemt hät.

Gäl i ha Nächt gha as i gange bi? hät be Schnüber zu
fim Kamerab gfeit, wo fi ne ufe gheit händ.

Aber bene häm mer's zeigt, hänb bie zwee Draguuner gfeit,
wo fi vor Eim im Galopp gflohe finb.

Was Tüfels wottfch vo mer? het ber Bartli gfeit, wo=n er
en Geift gfeh het.

J träge gärn mit Gülle, i cha bänn berfür au wiber mit
leer laufe, hät be Chilefheiri gfeit.

Die Sünige ziend z'Herze, hät be Gubelhanfeli gfeit, wo=n
em es Chälbli über b'Awanb abe gheit ift.

Mach bu wen b'chaaft, hät be Scheerefchliifer gfeit, wo me=n
em fi Arbet gfchulte hät.

Wänb er Wii ober Milch er werbet Milch welle? hät bie
fäb Frau gfeit zu ire Taglöhnere.

Was bin i fchulbig es wirb aber nüt fii? hät be Lochmüller
gfeit.

Guete Tag bißt eue Hunb hänb er au bbache? feit b'Gattiker
Bree unb thuet s'Neujohr aweufche.

O wie iſt das Waſſer ſo guet, ſeit be Lochmüller, hät i nu
miß Müleli no!

Nünt rechts thuet nünt rechts, het der Bettelmaa zum
Grüſchwegge gſeit.

Marſch, Luus, i di Winterquartier! hät be Kapziner gſeit,
wo=n er ſi vom Bart in Zipfel gſetzt hät.

J mueß doch aber au bin alle Gſchichte Götti ſi, ſeit be
Großäggli, wo ſi Chatz hett ſolle Milch gſtole ha.

J will em verzieh, aber Joggeli dänk du bra, het be ſäb
Schwoob gſeit.

Es loot ſi nümme umethue, ſäget's i der Türggei, wenn's
bem Urächte be Chopf abgſchlage händ.

Gnueg iſch gnueg, gnueg iſch gnueg, het der Giiger giiget.

Was Eine hät, das hät er, hät be Schniider gſeit, wo=n er
ſtatt der Chue e Geiß us em Stal glo hät.

D'Juget mueß tobet ha, het der Bettelmaa gſeit, bo iſt em
z'Chind zum Bündel uus keit.

Das ſind Souhüt, ſeit be Metzger.

Das iſt e naſſi Burſt, ſeit be Froſchemaa, wo=n em b'Fröſche
über be Rugge abe ſ...

He s'iſt jetz das, ſeit der Ankewäger, u wen b'meh witt, ſo
ligg bruuf.

s'Iſt no nib lächerig, s'würd erſt no lächerig werbe, het be
Richlinger gſeit, wo ſi Huus brennt het.

Faſt alli Gwerb ſind ſchmierig, het s'Meßmers Frau gſeit
und b'Cherzeſtümpli vom Altar gnoh.

Heilige Sant Marti, da lebig Opfer gib i ber, het bie Frau
gſeit, wo=n ere be Habik be Güggel holt.

Liib bi, Buſi, liib bi! hät b'Büri gſeit, wo ſi mit ber Chatz
ber Ofe=n uusgwüſcht hät.

Wer weiß, wo be Haas lauft, hät beſäb gſeit, wo=u er
s'Garn uf s'Dach gſpanne hät.

Häſch mi welle abhaue, du Chätzer! ſeit be Falche, wen er
bim Mäje hinber der Sägiſſe wiber uufſtoht.

Vertöub mi nit oder i gibe kei Milch, seit b'Geiß.

s'Ströte thuet nit guet, seit be Schnägg, ist sibe Johr be
Baum uuf gschnogget und boch wider abe keit. D'Reug=
ger Schnegge si sibu Jahr lang über die Brigga gangun
und zletsch no umbri ghiit. (Wallis.)

Ja wenn i will, het be Biremaa gseit.

Do het's Müs, het be Ratzemaa gseit.

Es thuet bem Chrut und allem wohl, hät be Chueri gseit,
wo's no=n ere große Tröchni gränget hät und er nüt
Apflanzts gha hät weder es Blätzli Chrut.

Oppebie isch am Löther und öppebie am Chräzli, seit be
Lötherhanesli.

Lügst nid? het s'Büebli be Schulmeister gfrogt.

Wo Hans ist het cho us em Wälschlang, ist s' Müeti zur
Nachbersfrau gange und het zue re gseit: O wie ist
üse Hansi gschichts! Er cha öppe vier Sprache: Dütsch
u Wälsch u Französisch u so wie me hie redt.

I cha mine Buebe=n am Morge nu befäle, dänn thuend's
be ganz Tag was s'wänd, hät der alt Hallöri ämig
gseit.

Es ist sun=sunderb=bar, seit be Gaggelari, ich g=g=gagge
nüd, mi F=Fr=Frau g=ga=gaggeb nüd, und boch ga=
ga=gaggeb alli mini Chind.

Er hät's wie besäb mit sibe Högere, wo seit, er sei na nie
der Ugräbst gsi.

Er hät's wie s'Heirinäse Vögeli: säb ist zmitz in der Ernt
verfrore.

Er hät's wie be Hanschueret: er ist chrank, er het ke Hose.

Er hät's brezils wie s'Wilhelme Söuli: es ist chintli worde,
wo's em Kafisatz ggee henb.

Er hät's wie besäb Schniiber: er möcht Stockfisch und
Chuttle.

Er hät's wie s'Pfiiferuebelis be Chlii: er hett chönne grathe
wie fehle.

Er hät's wie deſäb Schniiber wo d'Hoſe verſchnitte hät: es
iſt kei Fehler, nu neus Tuech her!

Er hät's wie deſäb: er cha nüt, we me=n em zueluegt.

Er hät's wie s'Burebüebli: er hät be lätz Finger ane
gſtreckt wo men e verbunde hät.

Si het's wie die Bättlere, wo gſeit het, ſi möcht kei Büri
ſii vo wäge ſi möcht d'Chüechleni nid erliibe, u wo me
bu grab bruuf im ene Chäller erwütſcht het, wo ſi e
ganzi Biigete het welle ſtäle.

Si iſt umüeßiger as s'Käterlis Chüngeli, wo nün Johr an
ere Badſtube gſii iſt und nie der Zit gha hät ſi z'wäſche.

Si hät's wie s'Schomet Gretli: ſi meint halt au ſi müeß
en Ma ha.

Si hät's wie s'Tobelbabeli: s'gnoth Aluege thuet ere weh.

Er beſſeret ſi wie s'Cholers Moſt, aber er iſt zu Eſſig
worde.

Es goht em wie dem ſäbe Roothsherr: der eint Theil gſotte,
der ander broote.

Er bindt ne an e Brootwurſt wie deſäb be Hund.

Er thuet wie s'bſchiſſe Waageraab wo zum Bſoffne ſeit, er
heb's bſchiſſe.

Er hät's wie de Rotacher: er begährt uuf wie en Nacht=
wächter — wenn en Riemer ghört.

Es goht em wie dem Schwoob wo=n em d'Frau am Char=
friitig gſtorbe=n iſt: s'git wider en anderi, aber nit
vor Oſtere.

Er frißt's vo Hand wie de Baier d'Bire.

Er hät ſo Zit wie be Schnägg ab der Brugg, wo ſibe
Johr über d'Brugg gſchliche=n iſt und doch no ver=
charet worde.

Er iſt chrank wie deſäb Bur, wo zum Dokter gauge=n iſt
goge ſäge, er heb s'Halsweh, er chönn nüt meh ſchlucke
weder halb und ganz Opfel.

Er ſchwitzt wie be Hueber i der Fuchsrüti.

Er hät's wie s'Gofheigels Wähe: er cha si nid verrode.

Er hät de Buuch voll Chüechli wie de Heidelberger.

Er hät Freud am Jnegäh wie s'Speichelheiris Roß.

Er macht's wie de Schwoob sim Chüeli wo = n er's am
Morge ugfueteret uusgloh hät: i gib der nuiz, be hoft
mer au nuiz gie.

Er hät alli Uebel wie s'Nüßlis Hüener.

Es ist bo en Ornig wie is Dubse=n Undergade wo b'Hünd
und b'Chatze=n enand guet Nacht gweuscht händ — wie
z'Birewange am Hochsig, wo b'Gest hend müesse b'Löffel
underem Tisch zsäme läse — wie z'Watt am Wurst=
mool — wie is Hansheiris Gmeind, wo be Bach über
de Hag ie lampet.

J git der e Weggli wie säb Meitli dem Hund.

Er hät's wie be Dorliker Souhirt: wenn ihr mi nümme
wend, so will i au nümme.

Er ist i Gedanke wie be Stier vo Schlatt.

Er ist i Gedanke vertieft wie be Stier vo Zofige.

Er het en Chopf wie en Zofiger Ochs.

Er treit si wie en Boppart — wie en Egger — wie en
Hädiger.

Me bruucht der alt Maa wie ber Appizeller b'Schue.

Er lebt nach em alte säligmachede Kaländer wie b'Appe=
zeller.

Er hät's wie s'Begginger Büebli, wo me's froget: Hät's
Truube=n i be Räbe? „Ja grab da ist eine und dert
ist wieder eine."

Er thuet wie wenn er de Chlingeberg wett aberiße.

Er chunnt hinde naß wie be Hundwiller.

Mer hends wie b'Toggeburger: s'ist ei Thue.

Er hät's wie ds Mällge Chalb, wo über e Chlünthaler See
ist gu Wasser sunfe. Er ist so gschib wie s'Hoze Chalb
— wie s'Chälbli z'Muur, wo über be See ist go Was=
ser suufe.

Er chunnt z'churz wie be Sterneberger Pfarer wo=n em en Chratte hinder be Chaste abegheit ist.

Er stoht bo wie en alte Schwizer.

Er håt Stotze wie en alte Schwizer.

Er ist verruefe — verschaagget wie en Churerbatze.

Er schämt si wie en Churerbatze.

Du bist wie b'Nähere vo Enge: was b'am Tag schaffst, muest z'Nacht vertrenne.

Si machet's wie b'Höriwiiber (sagen immer vom Fortgehen unb bleiben sitzen.)

Er nimmts vo Hanb wie be Hallauer be Bappe.

Er ißt alles burenanb wie be Hallauer.

Es gaht ber uuf wie bem Chälbli z'Muur: säb hät e Chue ggee.

Da wer's erger as z'Hegnau, wo's hänb welle be Gugger iizäune.

s'Goht ene wie be Horgebachere: si richteb uuf eh si ab=bunbe hänb.

Er het be Schluck im Hals wie be Hallauer Stier.

Si stönb a be Feistere wie b'Armehüsler z'Müllegg.

Er hät's wie b'Burger (auf Regensburg): bie säbe sinb froh wenn's bunne sinb unb sinb froh wenn's bobe sinb.

I rebe vu anber Leit unb anber Leit vu mir, seit be Schwoob.

b'Hutte ist eufe Heimetschliin, säge b'Bergler.

Das hätt solle bi üs sii, hät be Marthaler gseit, wo's im Wilbispuech brennt hät unb s'wenig Wasser gha hänb.

Appezeller Chüje unb Appezeller Lüt tougeb nib zu üs, sägeb Thurgauer unb b'Schaffhuufer.

Es ist halt eben au vom Für acho, wie be Hasler Pfarer gseit het.

Spring nu, t häs Recept, hät ber Oberlänber gseit, wo ber Hunb mit bem Fleisch furtgrennt ist.

Was mich nit ageit, däm gibe=n i nid Ohre, het der Grindel=
walder gseit, wo's ne gfrägt hei, was der Pfarer pre=
diget heigi.

Der Gschiber git noh, Muni gib bu noh, seit der Entli=
buecher.

s'Verflüechtist ist dure, seit be Schüell vo Flaach, wo=n er
e Wehereif gässe hät.

b'Vili git be Gwünn, het der Zugerbot gseit wa=n er z'Zug
Weggli zum e Zürischillig gchauft und z'Luzern zum e
Luzernerschillig verchauft, aber ufs Dotzed s'brizäht
umesust übercho het. Dem mag's au b'Vili bringe wie
der Glarnerfrau.

Ring berzue, ring bervo, seit be Chisteträger über b'Hulfegg,
wen er z'Obig sis Trägerlöhnli burebutzt.

s'Sind Dütschi bo und däne, be Rhi nu scheidt is, seit be
Hauesteiner und bütet is Aargau.

De lönb mer stah, seit be Nassewiler Schuelmeister, wenn
er zum e Frönbmort chunnt. Ueberhupf be Hunb, seit
be Buechstabieri. Do het's en Ast — hock bei, seit be
Buechstabieri.

s'Git vil Land und Lüt, hät be Stammemer Joggeli gseit,
wo=n er e Geiß gseh hät am Hag fräsfe.

Mer thons nid, seit be Hallauer.

Ei ei, seit be Steckbohrer.

Gib em recht, gib em recht, i bi bem Kerlt scho lang ghaß
gsii, wie heißt er? säged b'Schaffhuuser.

Laß en gah, er ist vo Schiers.

Rüer mi nid a, i bi=n e Herisauer!

Macheb Platz, mer sind vo Benke!

Woher sind ihr? „Vo Hitzchilch bigott!"

„Vo Zeihe? O heie, die Holzbire hend gfehlt."

Die säb Frau het gseit: wenn's z'Rike wiber brünni, werd
ihres Chinbli e Johr alt.

Der Peterli het gseit: er ghöre ge Rorbis i b'Chile, ge Büli
in Bezirk und ge Züri is Zuchthuus.

's'Neukircher Meitli het gseit: Wenn ich das Wasser bim
obere Brunne cha hole, so gohn i nid zum unbere.

De Hallauer seit: we me guet Truube het, so het me guete
Wii.

De Merishuser het gseit: wenn's bergab gieng wie berguuf,
so wett er be best Esel vorsetze.

Der Entlibuecher het gseit, wo me ne gfrogt het, wie vil
Vieh und wie vil Chind as er heb: Sibe Chüe Gott
bhüet si und sibe Chind beren Uflöth.

2. Volksleumund.

a. Internationale Titulaturen.

Schwizerrath chunnt no der That.

Venedig stoht im Wasser und Zeihe (und Sempach) im
Chooth.

Was z'Babe gscheht, mueß me z'Babe lige lo.

Thalemer Geiß, mach mer b'Suppe nit z'feiß.

Es ist halb und halb wie Würelos — Halb und halb wie
me be Hund scheert.

Dä hät me gwüß z'Lengnau bin Hebraere gholt. (Zürich.)

Er luegt se früntli drii as wien e Hermetschwyler Chloster-
frau.

Im Fährli isch's gfährli. [1]

De chunnt iez dänn i b'Neerer Zouft. [2]

---

[1] Kloster Fahr, Zürich.
[2] Neerach, Zürich.

De Steinere seit me's unverhole, be Prefibänt heb en Obligo
gftole. ¹)

Dä isch gwüß au vo Bachs.

Es ist e Stammer Schöfli.

Es chringlet wie die grooß Glogg z'Hegnau.

We men e Rath will, mueß me nach Züri.

D'Zürcher liibed eh en Schaden als e Schand.

Dukate und Zürischilling durenand ist e chöftligs Almuese.

Er züribieterlet. ²)

Hemmethal ist au e Stadt.

Wer chunnt dur Oberhallau unkothet, dur Underhallau
unverspottet, dur Begginge unbschisse, be het si be Tag
guet dure grisse.

Will Eine stehle und nid hange, be laß sich in Schaffhuuse
fange.

Guu, stuu, bliibe luu — wer die brü Ding nit cha, mueß
nit ge Schaffhuuse gun.

Wer nid cha fäge nit, gii, luu, stuu und guu, be mueß
nid ge Schaffhuuse chuu.

Er schaffhuuserlet. ³)

z'Liit underenand wie Sulgen und Bürgle.

Es ist hübsch wie Rooschach.

Wer z'Müle will Pfarer sii, mueß besser chöune tröle als
alli Mülemer zsäme. ⁴)

Wenn si z'Wäldt lüte, so bruuche si brei Ma: eine wo
b'Glogge zieht, eine wo s'Thürnli hebt, und eine wo's
im Dorf ume seit.

Er thurgäuelet. ⁵)

---

¹) Steinmaur, Zürich.
²) = Er prahlt.
³) = Er ist eigensüchtig.
⁴) Müllheim, Thurgau.
⁵) = Er ist trölsüchtig.

Wer in Gonte goht gu schicke, undern Rai gu Heu chaufe,
nnd in Kan gu wibe, de treit Dreck im Chorb hei.

D'Appezeller händ b'Läden offe.

D'Appezeller lönd si füere, aber nid trübe.

Es ist en Appezeller Reb.

Es isch so sicher wie uf em Glärnisch obe — wie im en
Ofe.

Altedorf und Lache wo kei Ornig ist und keini z'mache.

Bist gar vo Trimis oder nid recht im Stifel?

Du bist en rächte Langwiser.

Nix ist über Eystu.

Es ist kei Zermatter so guet, er het e Tuck underm Huet.

D'Simpeler hei Buoben wie Chiniga, Maidjini wie Prin=
zessine, Gelb wie Laub, Fleisch wie Holzbüge, Wii
wie Bäch.

Der Leugger Frauwen heint suft strenger als der Brigeren
oder Sittneren Jungfrauwen.

Mi Gott und Allis, we ich im Himel und nid im Wallis!

D'Walliser si hundert Jahr später ufgstanne als die ussere
Kantone.

Die vier erstu Ding vom Walliser: A guots Glas Wii,
an Pfiife guete Tabak, a schöni Chircha, und es hübs
Maidji.

Im Oberland het's gueti Lüt, läbet wol und zürnet nüt.

Im Oberland ist e Kilchhöri, wenn si en Arme dört
z'Chile thüend, so lüte si mit zwo Glogge; und wenn
si en Riiche z'Chile thüend, so lüte si mit gar alle —
weder si hent nume zwo.

Gröber als b'Geschiner.

Wilder als b'Obwaldner.

Niibiger Friiburger.

En trockne Malunſi.

Er iſt vo N. wo de Bräuſt e Sou gſtole hät.

Es iſt en Unberſchieb zwüſchet eme Diamant unb eme Bläſemer Chäs.

Wenn s'Is eu Händſche treit, ſe gönb b'Rüchenauer über be See.

D'Schwöbin iſt ſtumm.

D'Franzoſe träge bſch. Hoſe.

b. Probeu von „Hieb-, Stich- und Verachtungs-Namen." [1]

Aarauer Bappehauer.

Zofiger Ochſe.

Aarburger Fröſche.

Lenzburger Schabzigerſtöckli.

Brugger Chrieſiſüppler.

Bremgartner Palmeſel.

Freienämtler Bſchinbeſel.

Oltener unb Leigger Schnegge.

Langnauer unb Höngger Geißhänker.

Signauer Böcklitaufer.

Marly Hublenträtſcher.

Meiler Häni unb Rüeblipüffel.

Stäfaer unb Raſſewiiler Chrehe.

Küsnachter Fleiſchbrüheſſer.

Erlebacher Geißebrooter.

Zollikoner Lunggeſüder.

---

[1] Terminologie der alten Gerichtsſatzungen.

Benbliker Stuubehauer.

Uetiker Schoosbroote.

Egger Geiße.

Hinder=Egger Zigerstöck.

Muurer Rüeblі.

Mönchaltorfer Räbe.

Wipkinger Laubchäfer.

Bachser Igel.

Bülacher Chatze unb Gloggeschölme.

Nußbaumer Schuberheuel.

Weyacher Chröpf.

Nöschiloner Füselier.

Riebter Babener=Metzger.

Fischethaler Nare.

Niberhaßler Ziparte.

Nieberglatter Gloggeherre, Anberthalbherre, hölzerni Fasser.

Rhiinthaler Schneggehaaler.

Törber Stierini.

St. Niklaser Bärutriiber.

Ember unb Natischer Sunnubratini.

Albiner unb Ember Hennubschläjini.

Briger Schattuschlückini unb Schueflicker.

Grächer unb Saaser Schintini.

Möreler Lattuschreckini unb Lebchuechewiini.

Naterscher Briejini.

Vißper Fleuguschlückini. Vißpermusik. [1]

Zenegger unb Zermatter Schllifini.

Raroner Hopschluschlücker unb Hopschlufresser.

Terbiner Juden.

Saaser Wurstini, Wurstmachini.

Brämisser Chind. [2]

---

[1] Froschgequake.

[2] Blödsinnige.

D'Täscher sind witt ghoolet. [1])

Die vo Ranba sind d'Armu Seele unner dum Gletscher.

Stückli vo Naters, Birgisch, Brejersberg, Mund, Merlige,
    Gersau, Hegnau. [2])

---

[1]) = Haben guten Appetit.

[2]) = Schildbürgerstreiche.

III.

Porträte

in schildernden Redensarten.

~~~~~~~

1. So ſieht er aus.

Er hät en Chopf wie en Zofiger Ochs, wie es Viertel, wie en Blöſer. Er hät en Copf zum Muurentiſchüße. Er macht en Chopf wie be halb Mütt z'Chloote. Er hät Ohre wie Chabisbletter, wie em Müller ſini Zwee (ſo. Eſel). Sini Ohre händ au s'Mäs. Er iſt ball= öhrig, boob, en Schübel, Schübelöhri (übelhörig). Er hät e Naſe, es gönd im Appezellerland chlineri Chind bättle. Er hät e Köliker. Er hät e Naſe wie en Schueleiſt und es Muul wie es Trottbett. Er hät e Naſe wie en Schlitte, wie en Sattel, wie en Holz= ſchlegel. I ma nid rede wie be Ma e Naſe het. Er het es Berner Meitſchi gäſſe: b'Zöpf lampe=n em no zur Naſe=n uus. Er het s'Chämi nid putzt.

Er hät e ſchöns Vaterunſerloch.

Er hät Krüpfzänd.

Es hät es Müll wie es Erdbeeri.

Er hät roth Bagge wie s'Chätzli underem Buuch. Er het lei Färbli. Er iſt dem Tüfel us der Bleike gloſſe (braun). Er glänzt wie en Ofeloch. Er iſt ſo wiiß wie e gſchabeti Sou. Er iſt roth wie en Pfiifer. Er iſt abſchiinig (blaß).

Er hät Auge wie Pfluegsreder, wie Chrieſi. Er macht Auge wie der Gotte Chatz, wie e gſtochni Geiß. Er macht Ögli wie ne Spiegelmeis. Er macht Auge, daß me chönnt uf s'eint ue chneue und s'ander abſaage. D'Auge=n übergönd em wie eme Chrämerhündli.

Er hät b'Auge be lätz Wäg im Grind inne. Er ist en Schilibingg — en Schilimäuggi — en Schiligüggi. Er luegt vo der Suppe=n i b'Schnitz. Er luegt i bie anber Wuche ine — is schön Wätter bure. Er gseht i bie anber Wält bure. Er luegt rächt is Chrut ie. Schad, bas er in Binätsch übere luegt. Er luegt ber= zwäris wie e Gans uf e Bitzgi. Er luegt boppelzülig — übereggs — schärbis. Er hät e grabs Augemäs, aber e chrumbi Luegt. Er gluft no em Jänsitige. Er cha i sibe Häfe choche unb be Chriesine hüete.

Si hät e Gsicht wie en rothe Ziegel.

Er ist e Blonigsicht (Vollmonbsgesicht).

Er hät asen es Gsicht wie en Arauch=chopf.

Er macht es Gsicht, s'geeb zweu bruus. Er macht es Gsicht, wie we me=n em schulbig wer — wie wen er Mur= heime (auch: Üerbselebeert) gfrässe hett — wie wen er bem Petrus ber Essig verschüttet hett. Er macht es Gsicht wie der Fuchs, wen er im F. flohnet — wie sibe Tag Rägewätter unb brei Wuche nie schön gsii — wie s'Sibezächner Jahr — wie e verheiti Essigguttere — wie en überloffes Suurchrutständli — wie be am Rothhuus — wie b'Chatz im Namebüechli — wie e Chue uf en Ebbeeri — wie en Pfaff am Charsritig. Er macht es Litzi (unzufriebenes Gesicht).

Er luegt brii wie wenn er am ebige Gangwerch (perpetuum mobile) stubiere thät — wie wenn er Oel verschüttet hett. Er luegt use wie=n e Muus us em Chuberbützi.

Er gseht uus wie e Chue us em finstere Walb. Er gseht uus, as wett er Tüfel schweere. Er gseht uus wie e verfrorni Räbe. Er gseht verhüeneret nus. Er gseht brii wie bie thüri Zit. Si gseht brii wie e gibleti Geiß.

Er het Ellbogeschmalz — Armschmeer.

Er het Fingernegel wie s'Chrömers Mäblee.

Er het en Buuch wie=n e Trumme.

Er het Füeß wie Ofechrüke.

Er ist en Hülpitrütsch (hinkt). Er ist en Chrümblig, en Chrügel (Krüppel).

Er goht uf der tütsche Erde (barfuß). Er lauft uf de tütsche Sole.

Er louft mit de Beine wie wenn der Chopf e Nar wer. Er geit wie das Gschütz — wie a Hund. Er ist en Zibiwäbi (Trippeler).

Er stoht bo wie s'Ruobis Söustal — wie be Löther z'Sulz= bach — wie Sant Näf mit dem steinene Hoselabe — wie e Brunnesuul — wie es Pfund Anke. Er ist es Blötschi. Er isch gwabet.

Er ist nid so dumm as dick. Er ist en dicke Knüber — en Pantli, en Brosli, en Chnebel, en Mutsch. Si ist en Dotsch, en Trantsch, en Pfampf, e Stanbare, e Träräre.

Er het is Vieregg gfeißet.

Er ist en Dürrbireheini, en Spägi.

Er het Lende wie e Namebüechli. Er ist se dünn wie e Namebüechli.

Er ist en Megerlig, en Spiißlig, e Beihüßli. Er ist so mager wie e Wäntele. Er hät Späckfite wie e Wanze. D'Wentile hetnd nu wie a Exehomo zugreifot (Wallis). Er ist en Heinrich vo Gottes Gnade, het hinne b'Schin= bei und vorne b'Wade. Er ist so feiß er chönnt e Geiß zwüschet be Hörnere chüffe. De Gaul ist so mager, me chönnt Hüt an em uufhänke. Si ist es Häggeli (schmächtig). Si ist vo Glattselbe (hat platte Brust).

Er ist lang wie e Latte. Er ist en Gstübel.

Er ist so groß wie en Roßzehe. Er wachst wie en Räbe= schwanz. Er wachst nibsi wie en Chüeschwanz. Er wachst wie en Chalberschwanz: in Bode=n ine. Er wachst i b'Schöni wie en junge=n Esel. Er het

s'Chälbligwicht no nib. Er ist e chäshöche Burst. Er
chönnt au gnoth über en Chäs iehe luege. Er ist en
Pfucherli, en Buber, en Höck, en Buchter, en Hobizger,
en Granggel, en Grieggel, en Gröppel, en Knüber.
Si ist es Nifeli, es Häpeli.

Er ist bubwiiß. Er ist afe schwampellächtig.

Er ist alt unb mümpvelmögig. Er ist en alte Zatteri, en
alte Käust, en Guäppeler, en Gritti. Er isch em alte
Hafe zue. Er ghört zum alte=n Ise. Er ist kei hürigs
Häsli meh. Er ist älter as Mues unb Brob. Si ist
en alti Chachle, en alti Runggunggele, Guggumere,
Scheere, e Flöhhattle. Er ist nit a Hiirhaso (Wallis).
Er ist chrutjung.

Er het si mit bem Söuli gwäsche. Er ist en rächte Gülle=
mügger.

Du bist es Gschöpf Gottes wie=n e Söuhärböpfel.

Du bist en schöne Burst, wenn b'puzt unb gchehrt bist unb
be Chopf in en Sack ine häst.

Du weerist en schöne Burst, wenn b'Mobe weerist.

Du gäbst es schöns Engeli i b'Holzchammer.

Du weerist nib so leib, wem me bi nu nib müeßt aluege.

Wer bi am Tag gseht, lot bi z'Nacht lo goh.

Du machst e schöni Graß. Er macht e Grasse wie be Tüfel.

Er macht e Gattig wie en rächte Schabias.

Si chunnt wie en uufghauni Chue. Er chunnt im Gschiir
wie s'Chrattemachers Unghür.

Er chunnt wie zum en Aelterli uus (Altar; sieht schmuck
aus).

Er ist leib wie b'Nacht.

Es paßt em wie ime Bättler b'Tubakpfiife.

Es stoht em a wie dem Stoffel be Däge — wie ere Sou
s'Halsband — wie ere Sou Manschette. Es stoht ere
a wie ere Suu be Sattel. Si ist es Faggeli (schlecht=
gekleibet), es Stadthäpeli, es Zimpertrili (affectirt),

es Göscheli, es Blächs, e Räbel, en Chaabhaagge. Er
ist en Pflunggi (schmutzig gekleidet), en Pflobi (schlam=
pig). 's'Git Räge (die Strümpfe fallen ihm herunter).

Er a Chropf und schi a Chropf und bs Chind a Chropf
und alli.

Er ist en Juckuuf, en Springgüggel, en schützlige Chrangli,
en Zablt, en Jasti, en Stürmi.

2. Der Faulpelz.

Er ist fuul wie Geißmist. Er ist glüchgültig wie e tobti
Gaiß — wie en verrissene Chorb.

Er fuulhundet.

Er schafft wie en a'bbundes Roß — wie e tobts Roß. Er
arbeitet wie s'a'bbunde Vieh.

Er ist gschwind wie en bleierne Vogel.

Er het's wie s'Ankemaa's Esel: hundert Streich thüend's
nümme.

Es ist em verleidet wie Schappelgarn — wie chalts Chrut
wie de Bättlere b'Halbbatze.

Das ist ihm wie „Wer gaht da bure?" Es ist em Heiri
was Hans.

Er chunnt wie der Appezeller.

Er chunnt hindenach wie die alt Faßnecht.

Es chunnt em wie dem alte Wiib s'Tanze.

Er chunnt wenn alli Ehr en End het.

Er chunnt am jüngste Tag no z'spoot. Er wird nid fertig
bis am Niemerlistag.

Er chunnt nid bis Majen=Oftere.

„Chum i hüt nit, so chum i morn."

Er ist zor bretta Roß cho (post festum. Appenzell).

„Du bist en Arme z'Nacht, chunnst erst am Morge."

„Wer nit chunnt zur rechte Zit, be mueß ha was übrig
bliibt; bliibt nüt über, morn chocht me wider."

„Lieber en leere Darm as en müede=n Arm."

Er treit suuls Fleisch noche.

Er möcht im Winter schloofe und im Summer a Schatte lige.

Er ließ Holz spalte=n uf em obe.

Er verschiebt e Sach uf be letscht Zurzacher Märt.

Er hät Schnäggebluet. Er ist en Schnäggewyler.

Er mottet schi nit.

Er hät gar kei Verruck. Er rüert (macht) kes Gleich.

Er het wenig Oel' im Chopf (Ausdauer).

Du thuest wie d'Müli vo Plämp (Bern).

Er ist der Karli Abgänt (kommt überall zu spät).

Er goht zur Arbet uf Bettehuuse und z'Chile uf Pfulwe=
dorf.

Er het's mit be Bettlachere. Er will uf Bettinge.

Er singt s'Lilachelied (gähnt). D'Schlaflüs bißze ne. Er
schnarchlet wie en Räbehängst.

Er schloft wien a Otter.

Er thuet den Arme wohl. (Wortspiel mit Arm.)

„Hür git's vil Obs" (wird Dem gesagt, der den Kopf
stützt).

„D'Spinneri im Oberland spinnt alli Johr en Unterband."
(Wird auch anders gedeutet.)

„Me cha der's nid auf der Armbrust betheer schieße."

„Es ist guet helfe bis zur Haberernt" (dem Zuspätkommen=
den gesagt).

Das ist au en heiße im Augste.

De wett be heiter Tag Sterne gugge.

De rißt e keini Berg abe.

Er fürchtet scho, be Rhii laufi obsi. Er fürcht em allwil,
be Schnee brünnt. Er fürcht, es chöm ihm a b'Händ ane.

Er mueß gruje uf d'Ernt hi.

Er het be Cherne verchauft.

Er het vil uf de ligede Güetere.

Er ist gwerbig, we wie‑n em mit dem Holzschlegel uf e Grind git.

Er mag au i zwee Tage meh as in eim.

s'Schaffe ist em en Gspaß, aber er gspasset nid gern.

Er ma äsfe was er will, so thuet em s'Schaffe nid guet.

Er ist nie früer as am Morge.

Er stoht früe uf: er mueß hälfe z'Mittaag lüte.

Er ist flißig vo den Elfe bis zum Mittaaglüte.

Es schafft Alles an em bis a das was zum Aermel uus lampet nid.

Er lot s'Gras Heu gee und b'Stumpe‑n Embb.

Er ist en Tärimäri, en Liri, en Lörer, en Lärpi, en Lärbsch, en Lempi, en Schleerpi, en Päscheler, en Tschöörg, en Lahmarsch, en Fübeler, en Schlunggi, en Düggeler, en Döseler, en Feutsch, en Fulhung, en Hosetrumper, en Schloföpfel, en Spotlober, en Tappi, en Plampi, en Dräihung, en Glanggi, en Trallari, en Trammel. Si ist en Trantsch, e Knieppe, e Lötsch, e Hootsch, a Luse, a Schlarpa, e Blättere, en Ziehsäcke, e Trüech.

3. Nimmersatt und Verschwender.

Er ißt bis em s'Halszäpfli gnappet.

Er ißt bis dert use.

Er ißt wie‑n es Vögeli, aber er git abe wie‑n e Chue.

Er ißt wie en Dröscher und sch. wie en Hund.

Er frißt wie en Dröscher und suuft wie e Bandzeine.

Er frißt wie en Hund — wie e Chue.

Er frißt e Chue bis a b'Hörner und es Roß bis a b'Ise und verchauft bises no um e Stück Brob.

Er fräß es Roß bis uf b'Ise und s'Ise gäb er na für Chäs.

Er fräß es Roß bis uf b'Jse und z'letscht wär em säb nümme z'härt.

Er ist kei große Frässer, aber e chliine Bilmöger.

Er ist en Hund (en Hagel) uf em linde Brod und schluckt s'hert ganz abe — und frißt na s'hert. Er ist e Fräßhung.

„Wenn b'säb gässe hest, so bißt bi kein Hund meh nüechter — so fallst nümme dur be Bettgatter."

Er wär gern so alt, bis er en Eich mitsammt der Wurzle gässe hett.

Er fräß eim s'Strau ab em Dach.

Er hett e gueti Sou ggee: er frißt Alles.

Er ist chrank ungerem Fräßbank.

Er ist chrank wien e Hue, mag vil frässe und nüt thue.

Er ist gschnäberfräßig — schmäderäßig.

Er ist schwytig (gierig).

Si ist schläckeri wie e Geiß.

Er hät en Mage wie e Zehntschür.

Es bschüßt em wie inere Chue es Ebbeeri.

Er hät be Mockeburst — be Tobtnauerburst. (Aargau.)

Er macht zerst Bobe gäb er trinkt.

Er ist nie be Letscht bim Löffel.

„Guete Tag wo ist min Löffel?"

„Besser en Darm im Liib versprengt, as bem Wirth en Tropfe gschenkt — as em Meister s'Esse gschenkt — as Gottes Gab gschängt (gschändet)."

„Wenn b' nib gnueg hest, so benk gnueg."

„Hest be Hunger erfunde?"

J wett em lieber en Chübel voll gee weder gnueg.

Er ist sim Muul kei Stüfmueter.

Es goht mett uuf wie as Birehanse Hochsig.

E Thier weißt au, wenn's gnueg het.

Er ist en Batzewäscher (Berschwender), verthuenlich. Er verschlängget si Sach. Er hät si Sach verbrombeerlet.

Er ist en hungerstottige Mensch, e Niegnueg, en Langnüter, en Malchis, en Suppe-Malchis, en Gspeer (= Güder), en Hauberidau.

Wenn er en Franke überchunnt, so tanzeb zwee.

Es geit bruuf as wes ba Horlauwina brung.

„s'Ist nu eimol Chilbi im Johr."

„s'Goht Alles in Herbst, i b'Halm, i b'Ernd."

Er het Huus unb Hei verkitzet (verschwendet. Luzern).

Er het sis Güetli unber ber Nase vergrabe.

4. Der Trunkenbold.

Er lebt mäßig (Wortspiel mit Maß).

Er hälbslet (trinkt gern eine Halbmaß).

Er lupft s'Chrüsili.

Er het unten immer hoch.

Er streckt gern ber chli Finger i b'Höchi.

Er het s'Milzi uf ber Sunnsite.

Er hät langi Site. (Zürich.)

Er goht i bie Chilche, wo me mit be Glesere zsäme lütet.

Er het keis Vermöge as bie fernbrige Trinkschulbe.

Er ist es Wiiwarm — e Wiikuose — e läbigi Wilägele — a Wiiponto. (Wallis.)

Er cha für keis Wirthshuus ane.

Er loht si nib zum Trinke zwinge.

Er schütt be Wii au nib i b'Schue.

Er het nie us em leere Glas trunke.

Er cha bie volle Gleser nib liibe.

Er cha be Wii halt nib im Hals bole.

Er het en guete Zug — im Hals. (Wortspiel mit Zug Vieh.)

Er het en Schluck wie en Husarestifel.

En Druck und en Schluck.

Er cha drei Mooß banne.

Er het's wie=n e Zeine — er het's wie 's'Trocheschääggis Zeine —: me cha ne nid verschwelle. I wett lieber en Graschorb verschwelle weder ihn.

Er suuft wie=n e Chue — wie es Füli. Er thuet Chüesüff.

Er trinkt bis d'Chue en Batze gilt.

Er trinkt en böse Wii — en freine Wii — guets, böses Trank.

Er het e chöftligi Nase.

Der Wii schloot em i d'Nase.

Er het afe Blüemli uf der Nase.

Er brönnt am Morge z'Fäßli ii, as er am Aabe cha Wii drii thue.

Er het e chli im Hörnli.

„Zahl du, b'Großmueter isch gäng die eltert!“ „De hinger Sattler zahlt's“ (sagt wer sich aus der Zeche stehlen will).

„s'Ist e Sou voll; wän alli voll sind, so cha=n i fahre.“

Er het schwer glaabe, uf d'Site glaabe. Er füert Wii.

Er het en artige Wiichopf zahlt.

Er het Eine gchauft. Er ist selbander; er hed no Eine biin em.

Er het si gsunnet.

Er het eis gege z' bös Wetter gnoh.

Es blöschtet biin em.

Er goht mit Dampf hei.

Er het am Lumperöckli büezt.

Er het en Pelz trunke as em be Nar nid gfrürt.

Er het wegem Loch kei Thür gfunde.

Er het schwachi Bei übercho.

Es het em uf b'Reb gschlaage.

Er het es Zungeschlegli übercho.

Er het glürlet.

Er ist a'bblüemt — agstoße — bstobe — naß — brämt —
halblünig — gâl — ztrumsi.

Er ist däne — er ist sälig. Er ist i der Fure — im
Dölberli.

Er tropfet — rünnt — helbet — wäpft — zwirblet —
schwarbet. Er chehrt si.

Er treit si Huet schärbis.

Er rüeft be Chrehe — bem Ueli.

Er springt über be Schatte. Er lauft gege be Wind. Er
goht wie wenn er d'Straß wett mässe. Er mißt d'Stroß
überwindlige. Er bruucht die ganz Stroß. Er halbet
wie en Heuwage.

Er jagt bem Weib keis Huen meh ab.

Er luegt e Paar Stifel für e Mässerbsteck und e Fueder Heu
für e Pelzchappe=n a.

Er weiß nümme gäb er e Bueb ober es Meitschi isch.

Er cha nümme Babi säge.

Er ist en Vollzapf. Er ist kanonevoll — blitzhagelvoll —
chragebabivoll — blitzsternevoll — sternblindhagelvoll —
söusackvoll — hundpubelvoll — voll wie e Balle —
chatzvoll.

Er hät en Dips, en Dampf, en Dampis, en Trümmel, en
Tümmel, en Spitz, en Glanz, en Wälsch, en Stüber,
en Hops, en Chätzer, en Sibechätzer, en Chäib, en
Tüfel, es Fueder, e Chappe, en Sabel, en Fahne,
a Haarseckel, Oel am Huet, e Hirnmuetstheil (Schwyz),
en Hirnmuethschaib.

5. Der Geizhals.

Er hocket uf em Gälb wie der Tüfel uf ere=n armé Seel —
wie der Hund uf em Heustock — wie b'Frösche=n uf
em Tüchel. Er luegt bruuf wie der Tüfel uf en armi
Seel — wie=ne Habi uf nes Huen — wie en Häftli=
macher. Er hät's i Gedanke wie der arm Jud s'Handle.
Er hanget dra wie Gligeharz. Er ist uf der Hegg
wie=n e Nachtwächter (Solothurn).

Er gseht jedum Chrizer durch ni (9) Muure nach.

Wenn er wüßti, das er en Chrüzer im ene Chneu hetti, er
schlüeg's von enandere. Er wur im für e Chrüzer
b'Nase = n abschniide. Er schindet e Luus um en
Chrüzer.

Gib dem Bueb en Chrüzer und gang selber.

Um en Chrüzer Dreierlei und um en Pfenig Noble.

„Du wirst be Gulbi nie uf sächzäh Batze bringe."

Er leit s'guet Gälb zum Fuule.

Er zahlt gern us auder Lüte Sack.

Er zahlt gern, we me ne uf be Bobe leit und em's Gälb
us em Sack nimmt.

Er schichtet und schächtet.

Er hirtet fis Veh mit dem Stäcke.

Er thuet fi Chüe mit Staub und Underwind füetere.

Er sorgt für en Alt. Er huuset dem alte Maa. „De = n
Alte noh, fi hend au ghuuset."

Er huuset wie wenn b'Chatz bie best Milchchue wer.

Si ist vo Huuse. *)

„Wän er Chäs wönd, es het bei uf em Labe = n obe."

Er ist hebig wie e Zange. Si sind scharpfhebigi. Si sind
luftigi Zwickera.

---

*) Wortspiel mit Hausen, Aargau und Zürich.

Er wird ehnder rüdig gäb riich.

Nach sim Tod fahrunt b'Chind uf b'Sach wie b'Rappini (Raben) uf die Bleger (Aas. Wallis.)

Er git's wie er's gönnt.

Er ist für schi Sack. (Wallis.)

Do heißt's zum dürre=n Ast, helft Gott dem Gast!

Er gäb eim nid es Chitdli (Zweig. Bern).

Er chratzet eim s'Bluet under be Negle füre.

Er schaffet in Pronobischratte.

Er ist nid vo Gibishüt (Anspielung auf „Unser täglich Brot gib uns heut"). Er ist nid vo Gebisdorf — vo Gibenach. Er ist ab em Gibisnüt (Zürich). Er chunnt nid vo Gotterbarm. Er isch nid vo Schenke. De Schänker ist gstorbe, de Hänker lebt no. Er ist au nid vo Hilfikon.

Er gäbi va Häbige va Schäbige, va Aengstigi va Luusigi keim Meßdiener a Chrizer.

Er isch e Mutteblütscher Bur (arbeitet übertrieben auf dem Felde. Solothurn).

Er ist as rechts Schindti — en Zittliche — en Gitwurm — en Gizchrangel — en Gitchratte — en Giznäper — en Gitwuost — e Giithung — eu Riggel — en Schmürzeler — en Scharbeuzeler — en Chümichnüpfer — en Hälsigschaber — en Batzegrübler — en Batzechlimmer — en Pfennigchüsser — en Blutzgerspalter — en Schwäbelhölzlispalter — en Langenüechter — en Chrangli — en Hündligürter (Bern).

Si ist a rechti Zanga — an enggi Scheri — a strengi Bürsta.

6. Der Hochmuthsnarr und seine Vettern.

Er meint si. Er meint er sei's. Er meint er sei be Vogt
vo Dorrebire. Er meint es sei uf alle Bäume Chilbi.
Er meint er sei s'große Hunds (Dorfmagnat) Götti
und ist nüd emol vom chliine s'Schwänzli. Er hät e
Meinig wie s'große Hunds Götti — wie = n e Huus.
Er macht en Grind wie s'große H. G. Er meint er sei
der Chöhli und der Storze.

Er macht si füecht.

Er macht si stettig wie s'Antemaa's Esel.

Er macht si so breit wie en Wannemacher.

Er verthuet si wie=n e Hauflandräb — wie en Chorherr —
wie s'Bergers Mable — wie drei Batze.

Er bruucht en Platz wie en Landvogt.

Er bläit si uuf wie e Frösch uf em Dünkel.

Er thuet Oberarm ine.

Er böglet sich.

Er ist uf em Dolber obe.

Er ist en Wulkeschmöcker.

Er het be Chopf uuf, es rägnet em fast i b'Naselöchli.

Er het be Chopf höcher as b'Chappe.

Er luegt über b'Chappe = n uus.

Er het e Mete = n uf em Chopf — uf em Huet.

Er het en eigne Chopf, wie en Bschnibesel.

„Mach di nid höch, b'Thür ist nider."

Er ist obe=n uus und niene=n a.

Er ist be Hans Obenimdorf — be Hans im Obergabe.

Er het e Bei im Rugge — es Scht im Rugge.

Er lauft zäh Schue gräber as s'Richtschit.

Er streckt be Chopf wie wenn er en Däge verschluckt hett.

Er het de Huet uf morblee (morbleu) uufgfetzt.

Er ſtrüßt ſi wie ſiben Eier im e Chrättli.

Er ſtellt s'Gſchaller wie en Stier.

Er thuet wie=n es Lohrind.

s'Raufe ſtaht em a wie emene Chälbli b'Hoſe.

Er ſtellt ſi wie en Fäberemaa.

Es ſchiint wie Chrut und Bölle.

Er laat de Boom druuf gah.

„E riichi Schwigeri bringt alles wider.“

Die ganz Welt iſt ſii und no brü Dörfer.

Er het Münz unzählbar: e Spaachetti ſe lang das b'Ebig=
keit und dänn erſt na brü Gleich.

s'Würd Eine meine er wär der riich Mötteli — der riich
Oeri.

s'Wür Eine meine, er chient uf em Täller tanze.

Er hät's uf der Chuttle.

Er hät e Rebli z'vil.

Er het Prophetebeeri gäſſe (will Alles zum Voraus wiſſen).

Er iſt ſpech (nimmt nicht mit Allem vorlieb).

„Mueß me der s'Babſtübli werme?“

„Däge, wo witt de Bueb — de Nar — hiträge?“

Er hät en Hochmuet, wenn's Bättelſeckli a der Wand gumpet.

„Babili reg di, ſo falle b'Lüs ab der.“

Er ritet uf em obrigkeitliche Schimel.

Er het au ſcho vo dem Oel gha und wird iez nümme gſund.
(Vom Emporkömmling. Luzern.)

„I ha no nie kei ſo guetti Suppe gäſſe ſit dem i Grichts=
vogt bi.“

Er rüemt ſi bas er Milch gee möcht.

Er iſt en Brüemesler — en Hoffertsgüggel — en Brüginar
(Marktſchreier) — en Spargäuggts (Seck) — en Fiſi=
fäuſt — en Dorfmunt — en junge Gäuggel.

Si iſt es hochmüethigs Beel, e Gärnaſe.

Si heb Ermel wie Windliechter.

Er meint es ghör em no vil use.

Me sett em b'Spiisträckun heejer stellun. (Wallis.)

7. Der Grobian und seine Sippe.

Er ist so grob wie Bohnestrau — wie en Schwarzwälber —
  wie en Höchster.

Er ist i Stall ine gheit.

Er ist i be Chalberjohre.

Er ist wider e Chalb uf em Schraage.

Er ist es Osterchalb — es Chalb Mosis.

Er ist am Chüeseil abunge.   Er ist dem Chüeseil etrunne.

Er ist en überweibigi Chue.

Er ist nie us der Chüeweid cho.

„'s Chunnt grad es Chalb, 's schreit lüter.“

„'s Läder wird wolfel, b'Chälber strecket si.“ (Wenn Jemand
  die Beine unanständig spreizt).

Er fahrt drii wie e Ländersau in e Bohneblätz — wie=n e
  Muus in e Grieshafe.

Er chunnt zum Esse wie b'Sou zum Trog.

Er chunnt wie be Hagel i b'Halm.

Er macht nid lang Mäusi.

Er nimmt's überhopp wie be Tüfel b'Buure.

Er schlot mit der schwere Hand drii.

Er glaubt au nid as Zuegmües (hält nicht viel auf Cere=
  monieen).

Er litt ie wie en Schwoob.

Er haut b'Sach mit der Schwizeraxt abenand.

Er fahrt grad dur b'Chuchi.

Er schlot uf b'Stuube=n as b'Nest zittere.

Er ist nie uf der Löffelschliifi gsii.

Er ſchlot b'Eier mit ere Tanne uuf.

Er iſt vo Buebedorf. Er iſt halt vo Buebike. Er iſt halt z'Büeblike diheim.

Er hät s'Muul verlore, me mueß em es Chalberſchnörrli chaufe.

Er hät s'Dütſch vergäſſe.

Er hät be Hals verbrännt.

Er ſeit nit vil um en Schillig.

Er geb doch lötzel om en Chrützer.

„Vögel pfiifed enand Gottbhüeti zue."

„Wie höch b'Chappe=n um en Schillig?"

Er het Harz i der Chappe.

„Setz de Huet uuf, daß der b'Lüs nid verfrüred."

Er iſt en grobe Chnopf, en Knubel — en Rüchlig — en Holzbock — en Stößel — en Brügel — en Challi — en Riviöner — en Snolggi, en Buuregnolggi — en Pfnuoſt — en Schliffel.

Si iſt en Darrliwatſch — e Traſchi.

8. Der Zungendreſcher.

Er redt bis em s'Muul chupferlet.

Er ſchwätzt bis em b'Ohre gnappet.

Er ſchwätzt dem Tüfel es Ohr ab.

Er ſchwätzt Vogel ober Dach.

Er hät s'Muul nid im Sack.

Er hät es Muul wie=n e laufedi Schuld — wie es Ofe= loch — wie e Bachofe — wie=n e Relle (Rölle) — wie s'Mabläli Baber — wie wenn er ſibe Tüfel gfräſſe hett und der acht au no wett. Er hät e verchrättlets Muul.

Er hänkt s'Muul in Alles.

Es ist nüt an em as 'Muul.

s'Muul goht em wie ama Wafferstälzli s'F.

Er triibt s'Muul latiinifch.

Me mueß em uf b'Finger luege, nib ufs Muul.

Wenn's nib zum Muul uus goht, fo mueß es hinbe=n ufe.

„Schwig Muul, i git ber e Weggli."

„I will ber en Chrüzer gee, rüef's bis zum vierröhrige
    Brunne."

„Du bift en Nar unb chaft nib gitge; bu heft es Muul unb
    chaft nib fchwige."

„Wenn bie furt ift, chunnt en anberi Chue mit ere neue
    Schelle."

Si het es Muul, es fticht unb haut wie en Schwizerbäge.

Ihres Muul fticht unb haut wie's Annis Böllemäffer.

Si het es Züngli wie en Oeterli.

„Jumpfere Meblä Bireftiel, i fött rebe=n unb cha nib vil."

Er macht Chnetfchwerch.

Er macht e Schweizi.

Er thuet Süeßholz rafple.

Er thuet wie wenn er's vom Stück hett.

Er cha's fäge wie en Pfarer.

Er rebt wie e Nachtchappe.

Er rebt Gütterliwältfch.

Er ift brebt wie en Lanbvogt.

Er het e wackers Rebhuus.

Si Sach het kei Zopf unb kei Enb.

Er macht Ghürfch.

Er chunnt nib ab ber Chanzle, wen er emal umbruh chunnt.

„Reb bu benn, wenn b'Henne brunzen."

„Schwig unb gib bem Muul z'äffe."

Er git fim Muul nib vergäbe z'äffe.

Er breiamblet (Priamel), bäberet.

Er ift verfchwige wie e Leghuen.

Si treit's ume wie b'Chatz bie Junge.

Er ist en Schnörewagner — en Brüellätsch — en Erztampi
— en Brubler — e Dätschnase — en Fröglifrässer —
en Märliträger — en Briefliträger — en Prelat —
en Tönnelt — en Schwabbli — en Laferi.
Si ist e Rätscha — e Dätsche — e Dätschbäst — e Chletscha
— e Chlepfa — e Täche — e Waffle — e Stadtbese —
e Dorfrolla — e Dorfweibul — e Karfritigtabilla —
a Dampa — e Tralläre — e Schnabergätzi — e Retsch.

9. Einer, der der Wahrheit spart.

Er lügt daß s' stübt.
Er lügt, be Tüfel chönnt Söuhamme debi süde.
Er brichtet Zūg, me chönnt Räbe derbi süde.
Er lügt wie en Wachtelhund — wie en Briefträger — wie
en Buechdrucker — wie en Häftlimacher — wie en Rohr=
spatz — wie e Liichered.
Er lügt wie en Frässer und en Frässer mag vil.
Er hät's wie en Weibel: er cha laufe und nib müed werde,
suufe und nib voll werde, lüge und nib roth werde.
Er seit's wenn er lügt.
„Lüg dem Tüfel en Ohr ab!“
„Es ist erheit und erloge.“
„Wenn d'bim erste Lug es Füli g'gee hettist, so wärist scho
en alts Roß.
Wenn Lüge Wusch Tuech wär, wär's nib e Wunder daß er
schöni Chleider hett.
Wenn Lüge Wälsch wär, so gäb er en guete Dolmätsch.
„O Aetti wie lügst!“
„Lueg mi a und lach nib!“
„Luegeb au wie er roth wird!“
„Mach mer nib Mösch!“
„Mach mer keini Breiamle!“ (Präambeln.)

„Schwätz mer keis Loch in Chopf!"

„Schwätz mer keini Müs, i ha=n e Chatz im Ermel."

„Oha Choli! Hott ume! Mach mer be Choli (de Schimel)
  nid schüch."

„Unb bo bift gange!"

„Derno het's achti gschlaage unb b'Chind find i b'Schuel
  gange!" (Schneibet weitere Lügen ab.)

„Jo fo be mueft meh Loh ha!"

„Wer's glaubt, meint es fei wohr!"

„Umgchehrt ift au gfahre."

„s'Feifter uuf!"

„Du lügfch i bii Chroßa (Rachen. Bern).

„Schnütz b'Nafe, fe gfehft beffer."

„Säg's heiter ufe!" „Säg's ufe, fuft git's eu Chropf!"
  „Leer be Chropf!" „Säg's recht, wenn b'fcho e chli
  lenger heft." „Reb Hoger, fe tönt be Buggel!"

„Göug mi nib!"

„Still, es wott e Milch biche!"

„Du erzellft Stückli wie halb Öpfel."

Er längt nume hinder's Ohr unb het wider eini (sc. Lüge).
  De chan ebes hönder be Ohre före näh.

Er het nib übel Mehl a der Chelle. Er macht eu Stil bra.
  Er macht en Schwanz as X.

Er cha mit bem große Mäffer umgah.

Er cha Schwalbe schieße.

Er geb en böse Zigüner: er chönnt nib wohr fäge.

Er hät rächt, me fett em rächt gee (so. Prügel).

Er wer im Stanb unb wor euferem Herrget s'Unfervater
  abläugue.

Was er feit, ift luter Luft unb Duft. (Euphemiftifch für Lug
  unb Trug).

„Das ift en Lug wie=n es Huus."

„Wen er's nib glaube wend, so chöneb er ber Aule gfchun=
  be=n äffe."

Er het wider es Zungeschlegli übercho (hat sich im Lügen
verwickelt).

Me mueß en große Löffel ha, bis me berigt esse cha.

Er macht us der Muggen u Hengst.

10. Kümmelspalter und Streithahn.

Er tröhlet bis an Gartehag abe.

Er drehet grabi Ringli.

Er mißt en Flöhgump.

Er gseht eim en Agle = n im Aug.

Er gheit Huus und Hof as s'Großvaters Belzchappe.

Er macht us eme Schlüsselchorb en Haspel und us ere Sou
en Chräbs, wie be Wolf.

Er hanget dra wie e Zägg am Wulepelz.

Er will's ghebt ha.

Er ist en rächte Zwinglianer.

Er het en herte Rüschel.

„Es mueß iez eso sii und wenn's alle Hünde in Schwänze
weh thät.“

Er ist en rächte Dirggeliträter.

Me mueß em be Glaube = n i b'Hänb gee.

Er ist e Wunderlikus.

Er macht be Gring.

Er macht en Mollechopf.

Er het be Bös — be Rappel — be Nar — be Stier.

De Ratz chunnt en a.

Er thuet läfterli.

Er thuet wie be Hund am Seil — wie b'Chatz am Hälfig
— wie b'Chatz im Hornig — wie b'Sou am Gatter —
wie en Nar im Gitter — wie en Spitaler.

Er ist letz im Chopf.

Er hinderfinnet ſi no.

Er wird no zhinderfür.

Er iſt nid recht im Kritz.

Er iſt us em Hüsli.

Er iſt wieder ganz jäniſch (toll).

Er iſt hinderhägg.

Me cha ne nid ſtire und faſte (kann ihm nichts recht machen).

Er iſt uf em Eſel.

Er iſt glii uf em Eſel obe, im Grötzli obe.

Er iſt wie e Muus am Fade.

Er ſchreit wie en Zäck — wie en Dachmarder.

Er ſtügt uuf wie e Milchſuppe.

Er goht uuf wie en gheblete Teig, wie en Hebel.

Er iſt güggelroth vor Täubi.

Er verchröttelet ſchier vor Täubi.

Er het Chnüppe im Chopf.

Er iſt ſuuchatzfuchswild.

Er hänkt s'Muul wie en alti Amler Giige.

Er macht en Lätſch wie der Hängſt vor der Schmidte.

Er iſt ullidig wie e Muus in der Chindbetti.

Er het e Giftbolle im Hals.

s'Iſch bii=n em es Rad ab.

Es iſt em ſo angſt wie ere Chatz im Sack. Es iſt em
    chatzangſt. D'Chatz lauft em über be Buggel. Er jagt
    em b'Chatz der Buggel uuf. Es git der Chatz en
    Buggel.

Sibe ſöttig Blick chönnte=n e Roß töde.

Er iſt früntli, er gäb e Muſter zum ene Eſſighafe.

s'Gügi ſtiigt em (er wird zornig).

Es iglet en.

Er fahrt um wie be Tüfel im Buech Hiob — wie be Tüfel
    im Sterbet — wie e Chue im Räbacher.

Er wehrt ſi wie s'Thier im Hag.

Er iſt en Wilberech — en Unbrüechete (ungebunden).

Er begährt uf wie en Nachtwächter — wie e Nachtschappe.

Er ist de Buure=n i b'Erbse gfalle.

Er verhacket s'Chrut (macht sich verhaßt).

D'Galle=n ist em is Hemb pfützt.

Er het gschiflet und gschaflet.

Er isch e Brieggi — e gnietige Gränni — en Chäri — en Treussi — en Drüssel — en Surigel — en Surri= murri — en Surebis — en Chicher — en Nühel — en Guttili — en Blöster — en Pläster — en Tröhler — en Träjer — en Muggi — en Nißeler — en Heb= recht — en Fisigugger.

Si ist an grüni Heli (Wallis). Dere ist der Chifelzahn no nid uusgfalle. Si ist a Suurampala — e Brummel= suppe — es Giftlöffeli — es Häftlimönsch — e Surr= mummle — e Zyberligränne — e Figgestiel — e Säug= fuchs — en Muderchopf.

Do gseht's uus wie vo Tube zsäme treit und vo Hüenere verscharret.

Es goht zue wie uf ere Buurechilbi.

Es goht drin zue wie im Ebige dernäbe.

Es goht wie wenn Sibe hebtend uud der Acht nit wett goh lo.

Es ist Alles durenand, s'Bättet und s'Unbättet.

Es goht hoggisboggis, krausimausi.

Es ist det alls Rüebi (Unruhe. Aargau).

s'Milch ist nid einig.

Er hät be Hund loosglo.

Er hät der Underwind dur's Hoor gjagt.

We me hüst goht, so wil er hott, und will me Denere, so wil er Jenere.

Er will Anderi rätze und cha sälber nid muuse.

Si hend si uufgfüert s'ist des Bunds nid (unbändig).

Si hend's mit enand wie d'Buebe b'Vogelnester.

Si hend aliwiil Aritis zsäme.

Si sind für enand use cho.

Si sind räß an enand.

Si händ überbocket.

Si heind enandere ds Vaterunser gebetet.

Si heind enandre alli Fuli und Gottlosi gseit.

Si strigled enand wie b'Chaße.

Si henb enand verhooret.

Si henb wüest mit enand gcheglet.

Er thuet em's z'Truß und z'Traß.

Er het em be Chäs abgroothe.

Er het em s'Chäsli ab em Brot gstole.

Er chunnt em is Gäu.

Er ist em i b'Häre (Garn) gloffe.

Er het em es Hüenli vertrappet.

Er het be Barometer bi=n em verschüttet.

Er he e wüesti Suu bi im igmeßget.

Er het em e Chochete über.

Er het em öppis abgstriket.

Er hät em en Schlotterlig aghänkt.

Er het em e Spoh i b'Nase sprüße lo.

Er het em s'Hemp warm gmacht.

Er het ere b'Jüppe gschüttlet.

Er het en i b'Nöth gno (scharf ausgefragt).

Er het en uusgfößelet — kögelet.

Er het en Biggen uf en.

Er fürcht e wie e Schwert.

Er het ne verunguetet.

Er häb em der Aberwillen agrüert.

Er thuet en nüschle (betrügen — prügeln).

Er het em s'Zit uuspußt.

Er het en uf b'Schlferete (in bie Versuchung) gfüert.

Er het em b'Chappe gschliffe.

Er het em bie Gröbste abetho.

Er het en bur sibe Böbe=n abe bußet.

Er het em alli Schand und Gäul gseit.

Er het em der Pflanz gmacht (die Leviten gelesen).

Er macht em es Helgli.

Er het en schlecht gmacht. Er het en uusgrichtet wie en Churerbatze. Er macht en abe wie wenn er i kein Schue ine guet wär.

Er zeigt em wo de Zimberma s'Loch gmacht het — wo der Bartlimee feil het. Er het ne vorusegstellt.

Er het en Näggis erwütscht (eins in den Nacken).

Er het em eis glängt. Er het em g'gee (sc. Prügel). Er heb en uusgwüscht — verchlopfet — abghoberet — abtöfflet — erliberet. Er het e mit ere ghämpflige Ruethe erhaue. Er het em z'Müli (zur Mühle) tröschet. Er hät en stäckli bim Chrübis gnuu. Er het em's greiset. Er het mit em chragab gmacht.

Er mueß ume chneue (der Gewalt weichen).

„Frässeb enandre, be chennt er enandre sch..“

„I wett ne möge über b'Rhiibrugg abesch..“

„Jez cha me nid lang Stäcklibäre und Fäderläsis mache.“

(Zürich.)

Es ist wie we me Nattere töbt. (Die sterbende Natter soll andere herbeipfeifen.)

11. Einer, der's hinter den Ohren hat.

Er hät Müs (Ratze, Mugge) im Chopf.

Er het b'Auge (b'Nase) mitzen im Chopf.

Er het luteri Oigu. (Wallis.)

Er het Schick und Blick.

Wen er's im Sack hett wie im Chopf!

Er hät's i der Nase.

Er hät's a der Hand wie de Stoßbäge.

Er lot si nid a be Zähne bängele.

Er lot si nüt a der Pfanne bache.

Er ghört nid guet mit em lingge=n Ellboge.

Er lachet hinnen im Muul.

Er lachet im Aecke.

Er het Merkt gässe.

Er het gmerkt wo be Brönz uselauft.

Er frißt nid vil Choth um en Blutzger.

Er weiß wie vil der Haber gilt.

Er cha s'groß Eimoleis.

Er cha's wie Tell.

Er cha s'chlii Häseliwärch (Hexewerch) und s'groß tribt er.

Er gseht b'Schnägge bälle.

Er macht Unberhaspel wo=n er cha.

Er hät Gäus z'melche.

Er hät's am Schnüerli.

Er hät der Sack am Bängel.

Er ist nid mit Strau uusgfüllt cho.

Er ist nid in's Mehl gschiit.

Er ist nid vo Dummbach.

Er lot s'Gras nid unger be Fingere wachse.

s'Isch nid us em leere Hafe grebt.

Er luegt em i b'Chraft (faßt ihn in's Auge).

s'Ist kei Uthöthli an em.

Er het's im Griff wie be Bättler b'Lüs.

Er macht Müggiliwerch.

Er cha läsu wie Bohne us Fäsu.

Er stoßt mit Rugge=n und Buuch.

Er isch nid Chlupfis Brüeder (nicht furchtsam).

Er litt is Gschirr.

Er darf be Gatter chlepfe lo (hat eine rechte Sache).

Es isch e verdammt en ufgleite Burst.

Er lueget uf eimol i sibe Häfe.

Er goht au gern der Wurst noh.

Er ist uf em Wurstzehnte.

Er sticht e Wurst a — er gheit e Wurst i Bach — as er cha e Hamme=n use zieh. Er tuuschet e Hamme=n an e Späckstte.

Das isch Eine wo für si Sack der Hoogge schlot.

Er will der groß Hafe bervo träge.

Er möcht be Buure spotte.

Er tupft be Hase (macht Anspielungen).

Er macht sini Chnöpf (Späsfe).

Es ist em so leid wie wen im ene=n Esel en Sack etfallt.

Es weiß no niemer wo der Choli trampet.

Er gliget hinder em Thürli.

Es ist em nid um b'Fasnecht, es ist em um b'Chüechli.

Er lot si nid zwit uf b'Est use.

Si het b'Hand am Arm.

Er ist so six wie en Stock um be Vogel.

Er ist so glatt wie en Scheer.

Er ist glatt wie gschabet.

Er ist gwirbet und gwärbet — fibelistig — heimlischüch und dunkelzahm — bschosse (schlagfertig) — uusgstoche gschiib.

Er ist nid versteckt — nid links.

Er ist nid so dumm wie b'Chleiber an em schiine.

Me mueß mit em Büs Büs mache.

Me mueß mit em umgoh wie mit eme ungschalete=n Ei.

Er ist s'Mändli im Gütterli.

Er sticht is s'Chäsli ab em Brod.

Wenn's e Hunghafe wier, er hätt in selber glecket.

Er kennt em b'Chuttle=n im Liib inne.

Er het s'Chalb is Aug troffe.

Es goht zue, daß b'Chatze hinder em Ofe nüt inne werdet.

Si dänkt ihre Theil wie s'Goldschmieds Jung.

Si ist es guets Sparhäfeli.

Er ist e Heimlifeiß wie b'Geiß.

Er ist e Düßeler — en Muggebüßeler — en Mucher, Mu=
ckerli — en Fuule — en Fino — en Trochebröbler —
en Zweiete — en Kanalles — en Kunde, en Kunbius.

12. Einer, mit dem's nicht sauber ist.

Er ist nib suuber am Chittel — über b'Läbere — über
s'Nierestuck. Er ist nit flete über b'Lebra. (Wallis.)
Er ist nib be Pröperst.

Er ist so suuber wie s'junge Chinblis Bettli.

Si ist so süfer wie b'Chue am Babel.

Er ist sünbefrei wie=n e Chrott.

Er ist en Christ wie=n e Luus.

Er ist mäger kei Helgli wenn er scho e so thuet.

Er thuet wie be heilig Geist.

Er het in einer Hang s'Bätli u i ber angere ber Tüfel.

I wett lieber si Bätbuech si as si Roß.

Er ist en Gottesträppeler.

Er springt alli Tag i b'Chilche und bätet ber läberig Hei=
land a.

Er het b'Muoter Gottes ufm Huot und ber Tifol im Herz.

Es ist z'verglliche wie wenn ber Tüfel us mene Engelsfäcke=n
use luegti.

Drei Vierlig und en Rosechranz gib em au e Pfund.

Er stilt en Ochs und git b'Füeß um ber Gottswille.

Er het es Gwüsse wie e Ritere — wie en Strausack — wie
en Laubsack — wie e Wolfsgarn. Er het es Gwüsse
as me chönnt mit eme Fueber Heu dure fahre. Er het
es guets Gwüsse: er nutzt's nib ab. Er het es nagel=
neus Gwüsse.

Er bschiißt b'Lüt as eim b'Auge=n überlaufe.

Er verchauft Brülle (betriegt).

Er will überall guet Ma si.

Er macht guet Ma.

Er ißt mit zwee Löffle.

Er werchet mit doppletem Gschirr.

Er cha under alli Ellböge Chüsseli mache.

Du hesch es wie be Kamelot: me cha bi träge z'Freud und z'Leid.

Du wersch e rächte Ma, wenn d'numme=n angersch thätsch.

Er treit im en Angere b'Chräze noh.

Er macht s'Männli.

Er isch e Ma wo me meine sett er 'pel eim chüsse und schlot eim gliich der Hoogge.

Er gaht gern ab be Worte.

Er thuet em be Fisel striiche.

Er rüemt e, er möcht Milch gee.

Er ist en Scharingler (Kratzfüßler) — en Höbler (Schmeich=ler) — en Kalfatter (Ohrenbläser) — en Auggfründ, Ruggefind.

„Schwig Herz und red Muul."

Du bist en subere Herr Eglt.

Du bist mer so lieb wie bem Chrömer — bem Müller — der Dieb.

Nimm erligi Bletter, brück sen uus und wäsch bi Liib der=mit. (Wortspiel mit Erlen und ehrlich.)

Du bist brav drei Tag, hüt ist be letscht.

Er thuet nütrechts.

Er thuet nüt as eim z'leidwerche.

Näimewo une und näimewo obe, i mag's nid rüeme und mag's nid lobe.

Polkahöseli Supiee bra, gwichsti Stifeli Roßmist bra.

Es ist söuisch gchocht, wer möcht dervo?

Er ist werth wie e Sou im Judehuus.

Er cha mer's nid.

Er ist kein Bitze, kein Blutzger — kei Süburste wärth.

Er ist ken Batze wärth, wän er es Vießli im Sack hät.

Er ist en Halbbatze wärth, wen er e ganze im Sack hät.

Er ist de Brävst ohne z'Vogts.

Er ist au nid der Einezwänzgist.

Er ist no kein Lump, aber es güggelet druuf.

Er ist en ebige Dise und Däne.

Es sind Beeb die Bessere. Es ist Heiri — Heino — wie
Hans. Binz und Benz hend enand troffe. Si hend's
wie b'Buebe, wenn si Fäßli tröhle: der schlimmer ist
alliwiil oben uff. Si sind über ein Strähl gschore.

Er ist z'bös, er cha nid trüje.

Me het en erwütscht ob em Guggelhäfeli.

Er chunnt an obrigkeitlichi Kost.

Es sind nid alli Spitzechrämer uf em Märt.

Er ist über z'Vögli trampet.

z'Isch e Nuß mit eme Löchli.

J chume nid us der Musik.

Er het z'Metzgermässer füre glo (hat sich gemein benommen).

Me cha's erläse wie b'Bire.

Er hät Dräck am Stäcke.

Du wartist wider emol uf b'Chrämpf wie die alt Mablee
(stellt sich krank).

Er ist in Grundsbobe verborbe.

Er het vil uf der Beile (hat sich schwer versündigt. Schaff=
hausen).

Er het en guete Maage, er cha Schuenegel verbaue.

Er het es wachstüechigs Mänteli a (läßt Alles über sich
ergehen).

Er ist verruefe wie de Churerbatze.

Er ist allethalbe wie be bös Pfenig.

Er chunnt eim z'Huus und z'Hoof (ist lästig). Er chunnt
alli Rägetag und dänn wider. Er ist wie Muz am
Thürli (nicht wegzubringen).

Er ist so kogäs wie e Geiß.

Er füert Rede, me chönnt eim vergeh dermit.

Er thuet was de Brief in si hät (die Römerepistel).

Keis Fehlerli wo du nid hettist.

Wen i di nid hett und ken Brob, so wär i übel dra.

Settig Lüt sett me chönne anderst zweie.

Er ist en Schelm wo ne b'Hut arüert — wo em b'Hut aliit.

Er lachet nid, s'gäng dänn e Schiff under.

Er blîibt bi siner Red wie de Has bi der Trumme. Er
    halt's wie en Hund b'Faste.

Wenn mir Eine emol gitzlet, so ist er mir e Geiß.

Wenn b'das machst, so mueß me der b'Hose = n abzieh.

Er fräuelet (benimmt sich weibisch).

Er sött si schäme wie = n e Bettseicher.

Andere büezt er b'Seck und siin lot er b'Müs fräffe.

Das Frowwi hät en Zorn ohni Schrecku und Hangu, und
    as Glef (Maul) ohne Thür und Angu.

Er macht e schmutzig Muul (schmarotzt). Er ist en Ver=
    gäbisfräffer.

Er nimmt's siine Bire = n a wie ander Lüte = n ihri teigge.

Er ist wie s'Fähnli uf em Dach. Er fähnblet. Er macht
    Hag uuf und Hag ab. Er ist en Fahrum.

Er fallt ab wie de Choth vom Rad.

Er hät s'Gäld verchlopft, verbutzt, verplamperlet.

Er schliicht dervo wie b'Chatz vom Tuubehuus.

Der Chatz ist der Chäs befole.

Er fürcht immer b'Chatz chöm em uus.

s'Mänteli schlotteret em.

Er gheißt e Sach mittcho (stiehlt). Er chräbset in anger
    Lüte Sach. Er hät e leidi Gwonket mit sim Beeke
    (Stehlen). Flieh oder i nimm bi! heißt's bi dem
    Burst.

Er zahlt mit dem nasse Finger.

Me sett em en hölzige Schope = n alegge (in's Gefängniß
    setzen).

Er het hinder der Thüre=n Abschied gno. Er het b'Finke
gschlopfet. Er hät si zäpft. Er ist uf und dervo was
gisch was häsch. Er ist furt weder butz mi no läck mi.
Er ist stantebeni (stentibus) furt — hoselech furt —
staubvombode — starregangs furt. Er lauft dervo wie
s'Hündli vo Brütte — wie Chlaus mit Secke. Er lauft
wie s'heilig Dunderwetter. Er lauft wie's an e Land=
tag (Hinrichtung) gieng (Solothurn), wie s'Büsewätter,
wie wen e s'Füür jage wor, wie wenn e s'Hündli
b'bisse hett. Er ist mit dem Schelm dervo. Er het nach
Laufeburg appellirt. Er ist gsii wie=n e Chatz bur e
Baum uuf. Er flieht wie der Tüfel s'heilig Chrüz. Er
ist ge Piemunt wo ken Hund meh ume chunnt. Er het
der Dewang gno.

Er git weni Milch meh (wird wenig mehr gelobt).

Das wäscht em de Rhii nid ab.

Das schläckt e kei Geiß ewäg.

Er ist dem Tüfel ab be Hose gschabt — ab be Horne gschabt
— vom Chare gfalle — ab em Schlitte gheit.

De Tüfel hett e scho lang gno, er cha=n aber nid über be
Rhii. (Schaffhausen.)

Was hilft's mer, wen e be Tüfel nimmt und ich be Fuerloh
mueß gee?

Er isch us der Gnad Gottes.

Es nähm e ken Hund es Möckli Brod von em.

Er besseret si wie be Rieme=n im Füür — wie be Totsch
i ber Pfanne: me chehrt ne zweimol um — wie be
Belz im Wäsche.

Er bekehrt si vo ber Wält zun Lüte.

Er het is Handbecki tupft.

Er het halt en eigene Fride.

Das ist au öppis wo b'Chatz nid frißt.

Si hangeb an enand wie Chrottekrös.

Er ist en Krüschler (ungetreuer Verwalter) — en Schnuber-
bueb — en Schnürsli — en Schämbinüt — en armsälige
Zäller — en bsässene Chog — en Cholber — an Gauza
— an Schockler (unbeständig) — e gfehlts Stuck — en
verfluechte Schergeri — en Schnürpfer — en Fürfüeßer
— en Luusbösche — en Hunbenögger — en Läuflig —
en Scharlant — en Schniffer — en Gispel — en Görgel
en Trüecher — en Holleho — en Chropf — en Fötzel —
e Häxebüsel — e Hertschue — e Butzdich — er ghört zum
Gumpist, zum Gschlüech.

Si ist en Black — es ist es Eigeligs — es wunderligs Greis
— e Bränte — e Bätnopple — es Fazenetli — es Füge-
bitzli — en Strupf — e Chuchifosel — es Haghuri — en
gottlose Ruß.

Die ist schlimm z'Niederwenige.

13. Einer, der das Pulver nicht erfunden.

Eso ganz dumm ist er dänn glitch nöb, nu aber starch
drei Vierlig.

Er ist so dumm wie s'Namebüechli — wie e chrumbs Chüe-
horn — wie s'Chlosterschriiberts Hüener.

Er ist so dumm, me chönnt en mäle — me chönnt em e
Pfund Schnitz uf b'Nase binde. Si ist so dumm, me
chönnt si mit Gänsmist verschlitze.

Er ist der dümmst Hung wo Brod frißt.

Er ist nu der Anbergschübst.

Er ist uvernünftig gschüb.

Er wird gschüb, wenn b'Stei teigge — wenn s'Wasser obsi
lauft.

Er wird nib gschüb bis b'Buure Mist ab der Braach füered.

Er ist gchropfet onb bogglet onb söß nüb gschiib.

Er ist glehrt bis a Hals, aber der Chopf ist en Esel.

Er ist en Glehrte wie en Dreck e Brotwurst — wie de Guggu.

Er hät Verstand wie e Chrott Haar.

Er hät Ifäll wie en alti Oberbili.

Er treit s'Hirnli im ene Chrättili noh.

Er het e Spimngg (e Spinnhupele) im Chopf.

Er het en verschlagene Chopf, wen er b'Stäge=n ab keit.

Es ist nib richtig i sim Chopfhüsli.

Er ist lätz im Chopf.

Er suecht de Chopf i Holanb une.

Er het b'Hoor de lätz wäg gstreehlt.

Er het no Füllzäh.

Er ist hundsjung unb chalbernärsch.

Er het en Mählsack uf der Zunge.

Er schnützt b'Nase as er besser gseht.

Me mueß em en Chnopf a b'Nase mache.

Er hett de Chopf au scho verlore, wen er em nib agwachse
wer.

Me chönnt e hinberem Ofe verchaufe.

Me chönnt em agee, en wiße Hunb wer umgfahre.

Me chönnt mit em Salz füere.

Me chönnt en au schicke b'Schaubscheer ge hole.

Er isch i b'Ebbeeri gschickt worbe.

Me chan e zum Bist=es=Eseli ha.

Me mueß em's mit dem Holzschlegel büte unb mit der Wanne
winke. Me mueß em's mit Schlegel unb Wegge übläue.

Er lot si aamache wie Salot.

Er wirb überthörlet — überhölzlet.

Er verstoht be Dräck, er mueß en Hafner gee — er mueß
en bem Hafner bringe.

Er verstoht so vil bervo as e Chue vom Brätspiil — as e
Chue von ere Muschgetnuß unb en Esel von ere Fiige
— as e Chue spanisch.

Er weiß vorne nid daß er hinde lebt.

Er kennt kei Vögel weder b'Chrotte.

Er weiß au nid, worum b'Chrotte keini Schwänz händ.

Er ist nid schuld, as b'Frösche keini Stiili hei.

Er cha schwümme wie en Wetzstei.

Er cha schwümme wie e Chue Heu lappe.

Er cha nid all Vögel verspotte.

Er macht s'Wasser nid trüeb.

Er mag nid g'lange, er ist no gar churz unber der Nase.

Er cha singe wie s'Felize Spuelrab — wie en Heerevogel.

Er cha singe wie e Chue pfiife.

Er cha weder gaxe no Eier lege.

Er ist en Nar wo ne b'Hut arüert.

„Du bist en Nar wo d' b'Hut arüerst."

Er ist en Nar i siin Sack.

Er ist en Nar in Folio und wer's nid glaubt ist au eso.

Er het be Nar abglo.

Er macht Thorebuebe = n = Arbeit — Tiritariwärch — Gnig-
geli=Ganggeliwärch — Flurlinger=, Gaynhofer=, Brendli=
murer=Arbet (Kalenburgerstreiche). Er macht Merliger=,
Hegnauer=, Gersauer=, Natischer=, Birgischer=, Munder=
Stückli.

Er meint er heig es Vögeli gfange.

Er meint er setzi e Chind in e Chloster (erweise eine Wohl-
that).

Er fahrt mit be Müüse z'Acher.

Er flückt be Räge und gheit i Bach.

Er suecht b'Wurst im Hundsstaal.

Er het s'Rößli as s'Pfiifli tuuschet.

Er git meh für be Hälfig as b Sou wärth ist.

Er git meh um s'Chaaresalb as er mit bem Chaare verdienet.

Er lauft bem Füli noh und lot b'Märe z'Grund goh.

Er hebt am Sattel und lot b'Gurre laufe.

Er hebet s'Mögli und lot s'Mehrli laufe.

Er zält be Blutzger und verwirft be Batze.

Er bstoht wie=n e Luus uf em Ermel.

Er het's wie b'Luus uf em Ermel: si weiß nid wo sie ane will.

Er suecht s'filberni Glöggli under em Rägeboge.

Er will be Hüenere b'Schwänz uufbinde.

Er het mit dem Wegge s'Brod erspart.

Er fahrt oben i Arm brit (handelt unüberlegt).

Er toopet wie=n e Chatz in e frisches Mues.

Er ist dur de Jüppeschlitz zum Amt cho.

Er het si nid wit useglo: wenn b'Mueter bachet, so chan er be Wegge ase warm ha. Er ist en gwanderete Gsell: chunnt alli Obe wider hei wie en Mülichaare. Er het vil Land dur e Chällerloch gseh.

Er isch mit dem Sack bschlage. Er isch mit dem Mählsack — mit der Belzchappe — gschlage. Er ist en gschlagne Ma (Dummkopf. Bern).

Er isch gschupft. Er ist nid gmerkig. Er ist vo Ochsfurth. Er ist nit vo Gsehnlige. Si ist vo Gansinge.

Das Tuoch ist no nit gwalchets. (Er hat noch keine Er= fahrung.)

S'Ist schad, daß b'nid no groo bist.

Me sett en im Füür vergolde — mit Dreck vergolde.

Er ist en Ma wie David, nu hät er ke Harpfe. Er ist en Ma wie David: er het Bei bis an s'F.. ufe.

Er het au öppis vo s'Uelis Hut.

Er ist au Eine vom Dutzed wo me chönnt brizächni druus mache. Zwölf bere gänd au es Dotze.

Das heißt b'Stier a b'Landwied gstellt.

Er het au eis mit dem Sack übercho, wo=n er bi der Lölis= müli dure=n ist.

Er ist so guet wie be Hung = Ueli.

Er ist en Ma wie die lieb Stund.

Wen i metzge, so muest du b'Schaltwürst ha.

Das Mässer ist starch, es schniidt s'chalt Wasser bis uf de
Grund.

J wett de hettist hunderttuusig Franke und wärist min
Brüeder sälig.

Er stuunet Halbbatze.

Er chunnt zum Chind.

Si hät Gigelisuppe g'gässe (kichert beständig).

Was söll e Suu am e Spinnrad? Was soll en Esel mit
der Musgetnuß und b'Chue mit dem Riiberli?

Er ist en Joggeli — en Baschi — en Göli — en rechte Gammöl
— en Tschooli — en Trümmler — en Schlufi — en
Talpi — en Tschinggo — en Gnolggi — en Glunggi —
en Trüffelti — en Thürpfoste — en Täuchi — en Sturm
en Bool — en Tappismues — en Gspusi — en Opfer-
stock — en Driifuoßbiffel — en scharpfe Ochs — en
löthigen Esel — en Chrottenesel — en Schlabi — en
Teigaff — en Schutzgatter — en gäche Zappi — en
Trämpel — en Dache — en Tüppel — en Nachtig —
en Goggel — en Gaggelari — en Lälli — en Löli —
en Gaali — en Gstabi — en Göffel — en Möff —
en Lallöhri — en Züttel — en Zötteler — en Gispel
— in eme Hirligspor.

Si ist e Stöberi — en rechts Buurebaabi — es Lalimeitschi
— es Tschalpi — es Tschaggeli — es Tüpfi — e Dog-
gel — es Neuni (von neue, z. B.: J weiß neue nid.
Bern).

Er ist e Müüseseel — en Hans Chlupf — chlupfherzig —
en Bettblutter — en Schüchpeter — en Apostützler
(abergläubisch) — es Häfili — en Blüttertüpf — en
Höseler — en Holderdoggel.

Si ist e Fürchtigreth — e rechti Chlagamäle — e Jammer-
greth — en Lüresüder — en Flütti — en Schüchbündel
— e Gnegge — es Zipperinli.

14. Der Pechvogel.

Wenn's Glück rägnet, so ist er am Schärme — so hebt er
b'Schüßle unberobsi; und wenn's Choth rägnet, so hät
er si uufrächt.

Er het Glück wie en alts Roß uf ere hogrige Stroß.

Er het b'Bretchi nid.

Es goht em Alles wider b'Haar.

Es goht em zäch.

Si Sach llit a der Fehlhalbe.

Es haperet mit em.

s'Will nid hotte.

Er wartet uf de Geldhueste.

Er ma mit dem Dume nid recht nohe cho (bezahlen).

Er hät b'Händ under em Faß.

Er hät de Wolf bin Ohre.

Er mag weder z'schwümme noch z'watte cho.

Er findt weder Trumm no End.

Er stoht zwüsche Roß und Wage.

Er cha b'Stuube=n uus ge Bändli haue.

Er ist weder Pfund no halbs — weder Hund no Leutsch.

Es ist ohni Saft und Chraft wie s'katholisch Vaterunser.

Es ist ihm zwider und umär wie de Chatze s'Schmeer.

Er ist im Zwitzizwatz (unschlüssig).

Es ist em chatzangst — chatzhimelerdenangst. Er ist der Chatz.
    Es ist em bschnotte (unbehaglich, eng).

Er schlot Schamadi (gibt sich verloren).

Er het Ruuchs und Raas versuecht. (Schaffhausen.)

Er ist i der Höll und im Himel z'Chost gsii.

Er fürcht b'Ruud und chunnt de Grind über.

Er lot bis a de Nothchnopf.

Er ist nid zum Werde und nid zum Verderbe.

Es ist grad wie we me thät in e chalte=n Ofe=n ine blose.

Er stoht wie=n e Chatz vor em Kürschner.

Er ist wie en offne Espi (uneingefriedigtes Grundstück.
    Schaffhausen).

Es goht hinnen abe mit em.

Es gaht ihm a b ab.

Er frißt vo der taube Chue. (Bern.)

Er schafft dem Büst.

Er lehrt der Santichlaus bschönne (wird durch Schaden klug).

Er mueß über s'Stäckli springe.

Das Ding het Est. Es het e Meinig — e Gsicht — e Nase.

Es gschmöckt em wie em Hund en Tritt.

Es wäscht em b'Chuttle.

Er ist schlächt im Strümpfli.

Er zieht b'Schupe hindere (wird kleinlaut). Er het b'Schupe
    inezoge.

Er chunnt au schön im Halstuech.

Er triibt si Sach obe in Arm (überschätzt seine Kräfte).

Er sagt in Ast.

Er wäscht de Schnabel am Bode=n ab wie b'Hüener.

Es ist läßer as en Belz.

Er chunnt artig i b'Rispi (Klemme).

Er hät b'Hut und Ländi voll z'thue.

Er hät meh z'thue as e Chue zschwanze.

Er mag's nid baschge — nid gmeistere. Er ma nid gfahre.

Es überriesteret ne. Es thuet ne überhüfle. Es überschlot ne.

D'Chue schlot em be Chübel um.

De Chübel gheit em z'Huufe.

s'Goht der Chatz der Stiil uus.

Es gilt der Chatz der Schwanz.

Dem thuet me b'Häftli ii.

Er lot be Gatter chlepfe (schickt sich in's Unvermeidliche).

Er bißt i Chnebel.

Es chlepft ne (er macht bankerott) = es lüpft ne.

Es schlingget mit em.

Er goht zu Grund und Schitere.

Er mueß is Büchsli blofe (für Andere herhalten).

Er weiß weder fürsi no hinderst.

Er setzt d'Bänk uf d'Stüel.

s'Goht um wie s'Bache und wer kei Mehl hät, überhupst.

Es fehlt en ganze Buureschue.

Das druckt em der Bode = n uus.

Er mueß churz abbiiße.

Er hät be Blätz näbet s'Loch gsetzt.

Er ist vom Sattel uf s'Boft cho.

Er het en Buur im e rothe Wolhembli für en Ebbeeri
   agluegt.

Er ist verliret wie be Metzger i der Chue.

Bist verliret um en Schillig?

Er het's wie der überrächnet Ma. Er ist mit der Rächnig
   b'Stäge = n abgheit.

Me haut em be Chopf zweumol ab.

De hät si au guet inegmetzget.

Er macht be Chnopf lätz a Lumpe.

De Luft het em's Dach gno.

Er het de Hafe verschütt.

Er het be Hals verbrännt.

Da ist er in en schöne Tigel ine cho.

Er ist vor em Brod in Ofe gschloffe.

Er hät en Schue voll ufe gno.

Er hät au eu Schläck dervo übercho.

Er het eis uf d'Chürbs übercho. Er het übercho.

Es het em be Batz (Stooß) g'gee. Es het em be Borz g'gee.

Si hend ne gschnätzlet.

Es het em uf d'Flinte gschneit.

Es hät em zum Naffe grägnet.

Er hät be Schutz. De Schutz ist em hinden ufe gange.

Er träit sim Gschäft es Ohr ab.

Er hät si verrößlet, verchüelet, verchärelet.

Jez hät b'Chatz linggs gmuuset.

Es hät en. Es hät en g'gee. Es hät en am Frack — am Bändel.

Es hät ne z'Mues und z'Fätze verschlage.

I hett gmeint, de Herrget ließ ne das nid zue.

Es ghört em an Hals. Es ghört em wie dem Hund b'Suppe. Es het em en Wüsch uf b'Nase ghört.

Er hät be lätz Finger verbunde.

Er hät e Lätzi dervo treit.

Er het ume be Müse pfiffe.

Er ist nåbet z'Brett gsässe.

Er ist zsämefüeßlige i b'Lätsche.

Er het's vergee wie der Chrämer be Schrau.

Er cha jetz am leere Stand schmöcke wie be Chäsma.

Er cha jetz b'Hösli am Thor abwüsche.

Er cha schich jetz in b'Fingra büße.

Er het dem Hobel z'vil Holz g'gee.

Es geit em z'Neubers.

D'Chatz het's gfrässe.

Er hät e Chatz für en Haas gmetzget.

Er hät dem Tüfel en Ohrftige glängt. Er hät dem Dräck en Ohrftige g'gee.

Er ist putzt um's Rueß. Er ist putzt und gstrehlt.

Er ist i der Chrott — i der Chluppe (Klemme).

Er hät z'chnäte und z'bache.

Er zitteret wie e nasses Chalb.

Er isch überort gange.

Er het e Tuub im Sack gchauft.

Er staht da wie en Elggerma.

Er macht en Lätsch wie be Hengst vor der Schmitte.

Er chlagt si wie e rünnedi Pfanne.

Er hület wie en Trübelhund. (Aargau.)

„Hett i nu mi alt Hüsli no!"

Es ist so loftig wie im Himel vorossa.

Er het b'Sach unger's Isch bracht.

Er ist wie en agfächte Hund. Er schämt si wie en Pudel.

Er ist wäschnaß.

's'Geit is Heere-n Erbs (man hat die Scheibe verfehlt).

Er ist of em Florz (im Verfall. Appenzell).

Er het's mit b'broocht: er fahrt in ere papierige Gutsche im
 Land ume (sein Bankerott läuft durch die Zeitungen).

Er cha go horne — go pfiife — be Müse pfiife — hei=
 schriibe — go Band haue.

Der Forster het em b'Axt guo.

De Hag het e Loch.

Es isch em der Bach ab.

Er het e les Chatzebeckeli voll meh z'verlüre.

Es isch em öppis uf's Grisp (Fußhale) gfalle.

Me hät em so Schuenägel i Chopf gschlage, will me=n em
 iez no Leistnägel drii schla?

„Wenn be Schlegel ab ist, wil i be Stiil grad au nohi
 wörfa." „Häb b'Chue ber Chübel umgheit, so gheit si
 b'Gelte=n au no um." „Hesch be Tüfel gfrässe, so friß
 b'Hörner au." „Heb be Tüfel be Vogel, so nähm er
 au s'Chefi."

„Das isch iez gliich gäb b'Geiß gitzlet ober verreckt."

„I wett jo gern metzge, wen i es Messer hett, aber i ha
 kei Sou." „I wett jo gern chüechle, wenn i Anke hett,
 aber i ha kei Mehl."

Er het e churzes Chämi.

De Späck wird bo nid tüf. Do ißt me nüt as Schnitz.

Er chunnt um Hubel und Hab.

Er cha si Vermöge im eue Hund an Schwanz hänke.

Er hät en Hund won em b'Schulde frißt, won em s'grau
 Brob frißt.

Er ist um Sack und Bändel cho.

Es hett's e Muus uusgwoge, so wer er abegheit.

Er hanget wie=n e Luus an ere Jüppe (hat große Noth
 sich burchzuschlagen).

s'Ist hii wie s'Jude Seel. s'Ist gwebelet und pubt. Es ist
übere mit Landau.

Er het en Titel ohni Mittel.

Er het die best Frichtig, nu ke Mehl zum Bache.

s'Ist wie wem me=n en Bättelbueb i b'Höll abe gheitt (es
verschlägt ihm nichts).

Kei Aecherli wo=n er säet, kei Wisli wo=n er mähet.

Er het de Gasthuet abzoge (ist unscheinbar geworden).

Si isch so naß heicho wie=n e Wäschlubere.

Ds Hischi (Häuschen) ist leers.

Er het Schabe=n im Buuch.

Er het nid vil z'biiße und nid vil z'chrache.

s'Thau isch em ab dem Mage.

Er het afe Hunger wie en Aff.

Er cha s'Muul ufhängge.

Er möcht vo Hunger bald Roßnegel fräsfe.

Er het b'Bagge=n ab gluegt.

Er mueß mit guete Zähne übel biiße.

s'Isch troch wie s'Chäfers Loch.

Das gäb nid gnueg für Salz uf b'Suppe.

Er verdienet bloß s'lau Wasser.

Er hät meh Schleeg übercho weder Brod.

Er hocket uf em Blutte.

Er ist z'arme Tage grathe.

Er ist Eine wie Güge en Ritter, ritet uf em Stoßchare in
Spittel.

Er het nit was em im ene Aug inne weh theet. „I will's
in Auge trege was i gha ha."

„Ich und du händ vil Gäld."

Er ist mer in der Tinte (schulbig).

Er ist alle Hünde schulbig. Er hät Schulde wie roth Hünd.
Er ist voll Schulde wie en Hund voll Flöh.

Er mueß iez dänn en Hund zuethue as er em b'Schulde frißt.

Er het en Hund nöthig wie be Bättler e Golbwaag.

7

Er ist verschaagget wie en arms Hündlt.

Er isch em Herrget en arme Ma schuldig; eitweders mueß er em eine stelle, oder er mueß en sälber sii.

Er ist en arme Tüfel und het kei eigni Hell.

Er ist en arme Hubi — en arme Hault — en arme Blue= ter — en arme Gschlufi.

Er ist so arm er vermag keir mitße Luus der Belz z'plätze.

Er isch in ere schüliga Armuet inna, daß s'Für no nomma warm get.

Er het Alles verlore, vom Löffel im Rigel bis uehe zum vierspännige Fuerwerch (Rigel = kerbtes, über dem Tisch quer an die Wand genageltes Holzstäbchen, in welches nach der Mahlzeit der Löffel gesteckt wird).

Si lebed wie d'Cheßler. s'Ist Cheßlerwaar — Hubi= (Hu= bel=) waar — Chorbmachergehubul.

Er mueß öppis ha, er isch au kei Hund.

Das isch wie en Heller in e Gitge.

Er hät aghalte wien en Bruederma.

Er henkt vo eim Nagel a der ander (macht Schulden, um Schulden zu bezahlen).

Es gaht drum wie z'Wienecht um b'Schithüet.

Er ist a Brenngarte verbii gange (= beinah abgebrannt).

Er ghört zu be Heuschlüte.

Er ist am eigne Brod wider guet worbe.

15. Der Glückspelz.

s'Glück wil em.

s'Glück troolet em zum Dach ii — zum Pfeister ii.

Er ist es Glückstüpfi.

Der Holzschlegel chalberet em uf em Esterig obe — uf der Schütti obe.

Der Eselstuel (Schnitzelbank) chalberet em vor em Huus.

Er het Figge und Müli.

Er het's so guet wie e Herrehung. Er hät's hundsguet. Es
    ist em hundswol, vögeliwol.

Es ist em so wol wie=n ere Luus i der Chindbetti.

Er trüjet wie en Probst. Er stellt e tolle Ma i b'Hose.

Er z'weeget. Es goht em uuf.

Er ist gsund (frisch) wie es Rhti=Egli.

Er ist der Peterli uf der Suppe. Er isch wie der Beterli
    uf alle Suppe.

Er ist der Bock uf em Berg.

Wenn er in e Dörnstuube=n ine gieng, so gieng e=n em
    b'Lüt noh.

Er cha b'Charte rüeme.

Er chunnt ungschlage ab der Chilbi.

Es hilft em uf b'Geiß.

Es ist es Fräsfe für en wie jung Müüs.

Es het em e rechti Chue gchalberet.

s'Ist grothe mit der Alte, si frißt wieder.

Er meint, es sei alle Lüte gno und ihm g'gee.

Me würd meine, si hette en Aalruun.

Das ist em e gmäste Wies. Das ist em es gjattlets Gmües
    (Gemüse mit Speck 2c.). Das ist em Fleisch is Gmües.
    Das git em Schmutz uf der Ermel.

Du bist nu z'röslich.

Er lacht en Schübel, ganzi Schölle.

Er ist Hurlibus (aufgeräumt).

Er ist im Strumpf. Er ist guet im Strumpf.

Er ist z'gäggels. Er ist schier vergigelet.

Er freut si wie en Hund uf e Hochsig.

„Scho wider Gäld baß b'Frau nib weiß!"

Er ist der Vetter Sparhafe.

s'Ist Alles blutschebig blatschebig voll.

Er ist zu Gwand cho.

Er hät's und vermag's.

Er hät's im Blei.

Es goht em wie gschnätzlet — wie uf der Geißle gchlöpft — wie Back (Tubak) — wie Schnupf — wie Chabis.

Er het Gälb wie Chrees (Reiserabfall). Er chan im Gälb grüschle. Er hät Gälb wie en Söutriiber. Er het Schifere.

Wen ich e so vil Gälb überchäm, so wür i meine, all chlini Hüsli (— alli Wälderhüsli —) werid miine.

Er hät's wie en alti Wättertanne, wo s'Donnerwätter scho nünenünzgmol der dürabe gschlage hät und doch gäng wider uußschlot.

De Mo schiint em die ganz Nacht.

Er macht 'e bösi Füeteri.

Es goht drum wie um s'Wißbrot.

Er lebt im Salb (sitzt in der Wolle), im Florium.

16. Auf Abwegen, auf Freiersfüßen, in Ehe und Verwandtschaft.

Er ist en Meitlischmöcker — Meitlischmöcker, Buebedroht lauft be Meitline hinne noh — a Maitlaholder — en Lütagumper — en Schürzefründ (Wortspiel mit Schützen=freund) — en Luft — en Hundel — en Uhund — en wüeste Pfüdi, Grüsel, Dingeler, Niggel — en Sou=bantli — en Souniggel — en Söuruedi — e Söuhut — en Wuest.

Si ist es Buebemeitli — a Buabaholder — e Hagamsle — e Moosgueg — a Rasuna — e Schlöpf — e Schleipfa — e Schleipfsack — e bösa Chratta, Heegel — as Fahri — es Güschigut — a Rossa — e Lobe — e

Leutſch — e Gure, es Gurli — e Furra — e Kubi —
e Schluenz — e Luenz — e Flaubere — e Fluttera —
e Flettera — es Rǎf — en Fötel — a Troja, e Troala —
an Porgga — e Chlepſſchella — a beſchi Schert (Wallis)
— a rǎtſi Hagſch — es Leber — es Lösli — as gſirigs
Fell — e Grunggunggla — e wüeſts Laſter. Si ghört
au ſo zum Wiibergſchmöus. Si lat ſich fingerle.

Er hǎt vam hübſchu Wibuvolch kei Gruſu.

Er goht go jöne (auf den Strich). Er iſt uf em Fürſuch.

Er goht z'Chilt, z'Liecht, zur Spine. (Appenzell.)

Er iſt uf em ſelber (ledig, aber mit eigener Haushaltung)
= Er hǎt Siis für Siis.

Er iſt i ds' Vaters Mueß und Brob.

Er hǎt en eigni Tiſchtrucke.

Er bruucht keini Spreuer zuezträge (hat für keine Kinder
zu ſorgen).

Er iſt ledig, aber oho.

Er iſt ledig bis of der erſt Hoſechnopf.

Er ſchmöckt e Brut. (Beim Naſenreiben).

Er ſchleikt e Wittfrau noh (bleibt am Dorn hängen).

Sini Chind luege zun anger Lüte Pfeiſter uus.

Er handlet um Schübe (ſucht unehliche Kinder unterzu-
bringen).

Er het um Scherbezüg ghandlet (bringt eine Gefallene an
Mann).

Er will ra immer am Schurz ſtechu.

Er het es Iſe-n abgſprängt (ein Unehliches).

Er het in einer Hitz zwǎnzg Negel gmacht.

Si lueget i frömb Häfe (liebäugelt).

Si bechönnt de Samichlaus (iſt eingeweiht).

Si iſt aller Buebe Anneli. Si het Schriiß (iſt geſucht. Bern).

Si iſt verfluecht hölbig (verliebt).

Si wird wol no is Wangener Rieth abe cho und alt Hoſe
blätze müeſſe (in's Girizemoos. Zürich).

Si würd en Schappel vo Strau übercho.

Si het Chees uf em Brob g'gässe (ist gefallen). Si hät s'Chessi a'bbrännt. Die ist au scho angruuchti. Er het Chäs ohni Brob g'gässe.

Si cha die Bire schütte.

„Bäbeli der Pelz brünnt!"

Si lot si mit be Hände fange.

Wenn me si bät, wer weiß was si thät.

Si het nes Ohr ab. Si het es Roßiise — e Horn — verlore.

Si ist vo Flandere, git Einen um en Andere.

Si hend b'Meinig enandre. Si sind scho lang hinberen= andre (Bekanntschaft).

Si hend e Potzlosi (geheime Zusammenkunft).

Si sind vor der Meß z'Opfer gange (haben sich vergangen).

Er isch in si verliebt wie b'Chatz in en holändische Chäs.

Der Schatz bänkt a si (wenn ihr die Schürze entfällt).

Do sitzt si uf em Mist, nimm si wie si ist.

Er bruucht e Frau wie en Hund en Stäcke.

De Haber ist vor em Chorn riif. (Wenn sich die jüngere Tochter vor der ältern verheirathet.)

Si het müesse uf der Geiß sii (ist ohne Liebhaber vom Tanz gegangen. Auch allgemeiner).

Von ungfähr — wie b'Meitli zum Tanz und b'Chrämer z'Märt.

„Mueter i mueß en Ma ha, oder i zünde s'Huus a."

Wenn b'mer be Gfalle thuest, so muest bänn emol e Frau ha und wenn si müeßt Ohre ha wie=n e Baiersou.

Er het Eine mit ere (tanzt mit ihr).

Si mache be Hexetanz (Mädchen tanzen unter sich).

D'Harzmachers Tochter und b'Hungerliibers Suh, die Beide heind anander gnu.

Er hät es Wibervolch a ber Hand. Er geit uf b'Wybig.

Es git en Chäs (es wird etwas aus der Sache). D'Chilcher und b'Märilüt zelle's. Es weißt's Niemer as b'Chile- und b'Märtlüt.

s'Mareili ist nümme lebig, fis Glas scherbelet.

De Hüret ist im Träff.

Er ist i be Finke heig'gange (Hochzeit in aller Stille).

Si händ's richtig gmacht.

Si het sech iigmannet.

Er goht ge bäte (beim Pfarrer die Hochzeit bestellen).

Si sind abeb'bräglet (von der Kanzel verkündet).

Er hät es Meitschi z'Chile gfüert.

De Her Pfarer hät ere e Hoseträger verehrt.

„Guete Tag Taufftei, i chume nid elei."

Er ist i b'Rue gstellt.   Er hät si veränderet (verheirathet).

Si händ übere gmacht.   Er hät iez bie goldi Wuche.   Si
füret be Schuevertrinket (Nachhochzeit).

Er ist i b'Ehstanden ine gheit.

Er het b'Huer an e Häx tuuschet.

Er hät igwiibet (mit der Frau ein Haus bekommen).

Der Schlimp het b'Schlamp gfunde.

Si schicke sich zsäme wie en Mensch und e Chochgelte.   Es
schickt si wie Charesalb und Rosoli.   Es taugt zsäme
wie Chabis und Schooffleisch.   Es paßt zsäme wie e
Pastete an e Mistgable — wie e Handhebi an e Mähl=
sack — wie e Besestiil uf nes Jumpferehärz — wie de
Haspel in e Sack — wie de Haspel in e Geldseckel —
wie=n e Hund mit eme Barisol.   Es riimt si wie
Choche und Salzmässe — wie Arsch und Frieberich.

Er ist Meister, wenn b'Frau nid diheime=n ist.

D'Frau ist b'Majoräni im Huus.

D'Frau treit s'länger Mässer.

Er mueß siner Frau keini Murre chaufe.

Wen er heichunnt, so bruucht er nume guete=n Obe z'säge,
b'Frau seit s'Angere scho.

Wenn de Vater will und de lieb Herrget will und b'Mueter
will nüd, so chüechlet si nüd.

Er hät under em Latthag dure gfrässe.

Si sind mit enand vor der Schmidte gsii (vor dem Ehe=
gericht).

Er ist en Chäusi (geht im Alter noch auf's Heirathen aus).

„So lang der Herrget nimmt, nimm i au" (sagen heiraths=
lustige Wittwer und Wittwen.

Er isch in angeri Hose gschloffe (hat sich wieder verheirathet).
Er het bald e Loch in Huet gmacht. Er het es Loch
dur de Huet briegget.

Si händ s'Hänsli im Fäßli verschwellt (Abendschmauß bei
den Großeltern nach angekündigter „Hoffnung".) „s'Soll
läbe der Haus im Chäller!"

Si ist hops (schwanger) — uf em Haltel (Hälfte der
Schwangerschaftszeit). Schi ist im andru Stand. Schi
ist nit aleinig. Schi ist trägundi.

Si het s'Büntili abgleit. Der Ofe ist tigfalle. D'Wald=
brüedre ist cho. D'Schuemacher sind da uf der Stör.
Es ist anders Wätter. Er het Schiini im Strom. Er
het be Chlaus obacho. s'Ist wieder e Johrwerch verbii.
Si hend Jugeb übercho. Si sind erfreut worde. Si
hend en ungfreuts Mensch übercho (ein Todtgebornes).
s'Het unzitig gflenkt. Er het a b'Freud gseit (Geburt
angesagt).

Er isch überkindet (überreich gesegnet. Bern).

Das Ching het sini Auge nid gstole.

Das Chind het d'Mueter gsugu.

Es ist en Uflathschind (Bankert).

Er ist der uuf und ähnli Alt. Er ist der gspeut Vater.
Es ist der ei baar Vater. Er mahnt mi uuf und nider
a be Vater. Das Chind hät be Model vo sim Vater.
Si sind wie abenand abe gschnitte. Er gseht em gliich
wie der Apostel Paulus em Tintebueb — em Kärueß=
bueb. (Schaffhausen.)

Er ist gebore i bem große Winter, wo b'Hegellmässer verfrore
sind und be Bach über be Hag ieglampet ist.

Er ist vo nieneher und doch do.

Er ist vo dem Adel, wo b'Nase=n am Ermel abwüscht.

„J bi miner Mueter nid a be Zehe gwachse."

„Min Goof ist au nid ab em Nußbaum obe=n abe cho."

„Mi Großmueter und si Großmueter hend b'Windle=n an
    einer Sunne tröchnet."

Er ist us der sibete (— hundertste —) Suppen es Tünkli.

Fründ wie Hünd, Gevatterslüt wie Hundsfütt, Vetter wie
    Chabisbletter.

17. Kranker, Ablebender, Todter.

Er isch e Tschitter (gebrechlich) — en Särblig.

Er ist nid just — nid zweg — marodi — muderig.

Es bruetet öppis in em.

Er bhebt si allethalbe. Er ghaat sich. Er treußet — trößet
    — grochset. Er grupet ume.

Er het en alte Räste.

Er hät es Bei im Fueß. Er hät's im e Bei.

Er het es Töchterli, es Grethli, es Urscheli, es Rösli am
    Aug.

Es het en gleit. Er isch bettris. Er isch im Chorb (im
    Bett. Solothurn).

Er het umbiglächnet (hat das Leben von neuem zum Lehen
    empfangen. Bern). Er gruonet wieder, chümet wider.

Er ist no nid überem Grabe.

Er ist in en böse Wind cho.

Es ist em en böse Wind worde.

Es möcht gmolet am Himmel stoh was er liebe mueß.

s'Hähl Fleisch — s'pur löthig Fleisch zännet em füre.

De Dokter macht's bös.

Es het ne hert.

Es ist em t Bode schlächt, bodeschlächt, erdeschlächt.

Er überhaut's nümme.

Er hät bösch über be Berg.

Es gaht hinnen abe mit em. Es abet mit em.

Er trilbt's nümme lang. Er macht's nümme lang.

Er ist am Anthaupt — am Fürhaupt (Enbe des Ackers).

Me schetzt en nümme=n uuf.

Er cha kein Krauch meh thue (kriechen. Bern).

Er ißt kei Hampole Salz meh.

Er ißt für kein Schilig meh.

Er het gnueg Brot.

Es schwiint em.

Er schwiint us em Gwand. Er fallt us de Chleidere.

Er nimmt ab wie be Tag um Martini.

Er het si gschmuggt.

Er het Wade wie s'Hündli vo Bade.

Er het Wade grad abe wie be Hans vo Bade.

Er tücket ume wie en Schatte.

Er versorret und verdorret.

Er het es Muul wie wen er Gitzi gfrässe hett.

Me mueß em d'Zunge schabe mit bem Stuelbei.

Er het gleidet (schlechtes Aussehen bekommen).

Er gseht drii wie en Arme=Seele=Giiger.

Er gseht uus wie der Tob im Basler Tobtetanz — wie der
        Tob im Gaspiel (Gansspiel) — wie der Tob von
        Ipera (Appenzell) — wie s'Gächtobs Oberriiter — wie
        e gchotzti Milchsuppe.

Er treit be Tobteschii im Sack noche.

Dä Hueste mueß Grund träge. (Wortspiel.) Dä Hueste
        heuscht Härb. So en Wueste mueß Brob han ober Herb.

Sis Oergeli ist am Uuslüte.

Es wird e woll neh.

Es nimmt en am Ringge. Es hät en am Bändel.

Es gaht em um be Bundtrieme.

Es putzt e.

Me mueß em der Ajer drucke.

Er mueß ga b'Scheera hüeta. (St. Gallen.)

Er mueß über s'Stäckli springe.

Er wird müeffe b'Bei i b'Heecht ſtitze.

Er hät de letſcht Zwick a der Geisle.

Er hät s'Letſcht im Ofe, im Käf.

Er hät's Letz im Häfeli (die letzte Oelung).

s'Git bald en Aenderig.

Mit ihm hät's gſchället.

Es het em s'Anger glütet, s'lütet em glii zſäme.

Er het nächt s'Todtenührli ghört.

De Nachtheuel hät em nächt der ebig Abſchied ghoolet.

Er ghört am Ustag du Gugger nimme ſchriſu.

Er iſt zum Gugger.

Er will ufgeiſte.

Es ſtaht en herte Bot a ſim Bett.

Er chratzet a der Decki. s'Bös Gwüffe lot e nid ſterbe.

Es ſchlot em is End. Si hend zum End grüeſt (ſo. die Nachbarn).

Er iſt verwahrt (mit den Sterbeſakramenten verſehen).

Es gaht em über s'Herz.

Er iſt am Abwäbe.

Er toadet (St. Gallen) — giblet (Bern).

Er het ebig verſchnuufet. Er het vergäffe z'athme.

D'Auge ſind em überſchoffe.

s'Glüngg (Lunge) iſt em abegfalle.

Er iſt gſtabet und bſtabet.

Er hät gräch gmacht. Er iſt vermanglet, verreblet. Es häb e gſchlepft. Er iſt abgſpaziert, abbiſilirt, abgchratzt, überbure.

Er hät der Löffel verworfe. Er het be Löffel gebort (Wallis) — uufgſteckt.

Er het en ringe Tod ignu. Er het's churz gmacht.

Es ist e nett Töbli (liebliche Kinderleiche).

Es ist en Gottlöbige Tod.

Er ist in ere papierige Gutsche heicho (im Todtenschein).

Er hät müesse dra glaube.

Üse Herrget hät e gholt.

Er hät ghimmlet.

Er ist nidst in Himmel. Er ist im Nidsigänt gstorbe.

Er ist i be Himel cho, wo=n eim b'Öpfel im Sack brote und b'Engeli Schwänz träge.

Er ist mit dem Petrus einig worbe.

Er het sich gflüchtet. Er ist furt.

Er gaht z'Marezsch (Moritz) Henne ga hüete. Er mueß abba bald ufm Frithof gan b'Henne hietu. Er mueß ge Bire schüttle — ge Bänbli haue. Er goht i b'Holzbire.

Es heb wiber Eine (wenn das Enbzeichen geläutet wird ober Schlagen unb Läuten der Kirchenglocken zusammenfällt). Es ist wiber Öpper i b'Ewigkeit.

Me het gmeint gha, me chient si hinder de Ma hindere verberge.

D'Hebann ist au nib gschulb, das De gstorbe=n ist. (Von betagten Leuten.)

Er mueß Herb ha. Er gaht ge Grunb träge. Jez chunnt er emol gwüß gnueg Grunb über.

Er gaht be ringst Gang.

Si hen ne in Herb gleit — z'Chile cho — unbere cho.

IV.

Lehren und Urtheile

der Erfahrung und des Uebereinkommens.

1. In Haus und Sitte.

D'Liebi bringt bur b'Händsche bure.

D'Liebi mueß zangget ha und wenn si enangere mit Schitere würf.

Bo der Liebi hät me nit gässe.

Es git leis nütnützigers Volch als s'Mannevolch und s'Wiibervolch.

Es ist kei Ma, er het e Wolfszah; es ist e kei Frau, si het ne au.

D'Manne hei alli es Schit im Rügge, wenn's nit brönnt, so mottet's.

Hose hilft Hose, und Rock hilft Rock.

En Nar ist wo er goht und stoht wer si vo Schuene und vo Wiibere drucke lot.

Gib dem Bär es Wiib, so gsteit er balb.

s'Jumpferegschirr (Frauenzimmer) macht die ganz Welt irr.

Vil Wiibervolch und e warme Ofe machen em Buur es thürs Läche.

Am ene Wiib und an ere Müll ist aliwil öppis z'verbeßre.

Morgeräge und Wiiberweh sind am nüni nümmemeh.

Drü Ding sind gar selte: Wind und Frost, Biise mit Thauwetter und es Wiib wo wenig redt.

E Gras im Thau, e Roß im Gschirr, e Frauezimmer i be Chleidere sind drü trogenlichi Stuck.

Jüppe und Hose decke mängi Mose.

En übli Jumpfere, wo gern Scheere macht (die Beine sitzend aussperrt).

Es sind nid alles Jumpfere wo Schäppeli träge.

Es Meitli wie gschläcket, e Frau wie e Butze.

E feißes Meitli, e mageri Frau.

E schöni Frau macht no kein guete Huusstand.

Ledigi Hut schreit überlut.

s'Git mängerlei Falle; wer ledig bliibt, schlüft i die schlimmst nid.

Wem d'Wiiber übel wend und d'Imme wol, be wird riich.

Me cha d'Jugund nit völlig in am Bockhoru ha — in ar Vogulchäbig iisperru.

Die jung Waar mueß öppis tratirt ha.

Wo der Adam der Öpfel g'gässe het, isch em s'Bitzgi im Hals stecke blibe.

Ledig sii und ledig bliibe, z'Hängert ga und doch nid wiibe.

Buebeläbe nid vergäbe.

Wer um Fürschuebe handlet (mit Dirnen anbindet), dem schwiint der Mist i der Grueb.

s'Isch Eine scho e ganze Ma, wen er mit Freude wiibe cha.

Wer nid mit Freude wiibe cha, sött's lieber underwäge la.

Es isch bald gwiibet, aber schwer gwirthschaftet.

Hürothe ist nid ume Chappe tuuschet — isch kei Buurebienst — ist e verdeckt Esse.

Wer uf de Hüroth goht, weiß was er will, aber nid was es ist.

Wer hürothet und fehlt, ist bald gchämblet und gstrehlt; wer hürothet und groth, be het gnueg Huusroth. Wer hürothet und fehlt, be ist gstriglet und gstrehlt.

Die erst Hüroth ist en Eh, die ander ist e Weh, und die dritt nüt meh.

s'Wiibe und s'Boue ist scho mänge groue.

Wit griife thued d'Händ bschliisse. Wit g'griffe, eister bschiisse. Wit glängt, isch d'Hang gschängt.

Hüroth über be Mist, so weist wer si ist.

Hürothe is Bluet thuet sälte guet.

E hölzige Bueb ist es gülbigs Meitschi wärth.

Zwen Wüesti chöne enanb o guet gfalle.

Mir lieb mir hübsch, und sottisch sti wie Osetütsch.

Guet erkennt, wenn Beibi wend.

E schöni Frau ist liecht übercho, aber schwer z'bhalte.

Nib unber jebem Hübli steckt es Tübli.

Me cha weber Fraue no Tuech bi Liecht chaufe.

s'Buele ghört nit zun Schuele.

Wen en alti Schür brennt, sen ist nib guet lösche.

Die greiste Jumpfere het me nit gern.

En alt Wiib wo tanzet, macht vil Staub.

Drümol (sibemol) abgschlage ist erst recht zuegseit (bei Hei=
rathsbewerbungen).

Uf alt Jüppe setzt me keini neue Blätz.

Die alte Wiiber sind be junge Manne Chüechlipfanne.

E Chatz und e Muus, zwee Güggel im e Huus, en alte
Ma und e jungs Wiib bliibet sälte=n ohne Chiib.

Alts und jungs Fleisch sind nib guet bi=n enanber.

Lieber en Alti vo tused Wuche as e jungi vo achtzg Johre.

Wer wiibe will, suech i ber Chuchi be Brutspiegel.

Der Meert ist s'Wort, und s'Maigsi ist ber Chorb (Markt
ist Vorwanb, um Mäbchen zu sehen).

Wirthstöchter und Müllerroß si nit für niebere Poß.

Es Münbschi ohni Bart, e Suppe=n ohni Schmalz.

Die alte Jumpfere bringe b'Ehing i ber Schooß berher.

Ganggelöhriwasser und Süeßholzsaft git alte Jumpfere neui
Chraft.

En Ring binbt alli Ding. Ist ber Finger beringet, so ist
s'Meitli bebinget.

Wer bim Esse singt, chunnt e böses Wiib über.

Der Mensch chunnt briimal zum Chinb: wen er gebore wirb,
wen er asaht karisire und als steinalte Ma.

8

Im Summer flit me na der Chebi und im Winter na der Wärmi.

Hochzit macht Hochzit. Es ist e Hochsig nie so chlii, es git au es Brütli derbii.

E truurigi Brut, e fröhlichi Frau.

Bim Werba und Sterba und bim Hürotha cha me nöb spara.

Wer fi Wiib schlot, macht ere drei Firtig und hät drei Fasttäg.

En Eh ist wie en Tubeschlag: wer binnen ist, möcht use; und wer dussen ist, möcht ine.

Uf e dünni (so. Frau) chunnt e dick.

De Wiibere mueß me nid alles uf b'Nase binde.

E bsoffe Wiib en gmeine Liib.

De Wii macht b'Manne zu Böcke und b'Wiiber zu Geiße.

Wolluft het e schöns Gsicht und e bsch. Gsäß.

Wer mit Wiibervolch und Söu z'thue het, chunnt is Gschrei.

Straßeldächler, Huushächler.

En Gassedächler (Eckensteher), en Huushächler.

E Sack voll Flöh ist besser hüete as jungi Wiiber.

E Frau ist übel bra, wenn fi de Ma nit bschiiße cha.

Wenn b'Wiiber schalked, so het's der Tüfel gseh.

b'Frau verchuff b'Jüppe für e Wii.

Wenn b'Frau b'Wösch hät, so hät be Ma e salzni Frau und e böses Hemb.

Bim ene böse Nochber und ere böse Frau sell me nid säge: Strof mi Gott!

s'Ist ein Nochber dem andere en Brand schuldig.

E Frau wenn fi will ist nid z'zahle mit Geld, und wenn fi will ist nüt Schlimmers uf der Welt.

Wenn meh Frau=n im Huus sind as Oefe, so ist ke Fride drin.

Schwigeri und Schweie sind chrummi Schalmeie.

Wenn Eine vil Schwäger het, so chan er no Götti werde.

D'nächfti Frind, die gröfztu Hind. Fründ wie Hünd, Noch=
buure wie Chälber, Vetter wie Chabiszbletter.

E Vetter u nid Frünt ift nünt.

De Huuszfride ift e täglichz Wolläbe.

E fridlechz Habermueß im ägne Huuz ift beffer alz Brate
im Schänkhuuz.

Nu was me erhuufet bringt Ehr, s'Ererbt ift nid mit her.
Wer fi uf Erbe fpitzt, wird nebe ufi glitzt. Wer fi uf
Erbe tröft, ift zum Bettle gröft. Wer fi uf Erbe ver=
lot, chunnt z'früe und z'fpot.

s'Huuz verlürt nünt.

s'Niit vor jedem Huuz e Stei, ift er nid groß, fen ift er chlei.

Bfcheert Gott de Hafe, fe git er au be Wafe. Bfcheert Gott
es Häszli, fo git er au e Gräszli.

So lang der Baum blüet, chan er au Frucht träge.

So lang der Chriefibaum blüet, bringt er Frucht.

Die vierzgift Wuche wird's bezüge was me gfpilt het uf der
Giige.

Bete, lehre und gebäre find die drei fchwerfte=n Arbeite
uf Erde. Drei Arbeite find fchwer: Regiere, gebäre
und lehre.

E Frau ohni Chind ift wie e Chue ohni Schälle.

Wer nid Chind hät, weiß nid worum er läbt.

Chindli trage ift nid Hüenerbeinli gnage.

D'Chind find eim nid am Schibei gwachfe.

Niederes (jedes) Chind bringt fi Bündeli Liebi mit uf d'Wält.

s'Stündli bringt s'Chindli.

Chind erzühe ift au gwerchet.

Nu eis Chind ift en Schräcke.

Eis Chind ift wie keis, u zwen wie eis, drü nes Paar, u
vieri e Schaar. Ei Chind kei Chind, zwei Chind
Spielchind, drü Chind vil Chind. Zweu Chind es
Päärli, drü Chind es Schäärli, vier Chind e Stube voll.

Was fich zweielet, das drittelet fi.

Bil Chind viel Baterunser.

Was hilft huuse? Churzi Roß u längi Rind, e riichi Frau u weni Chind.

Drei Sache sind im Huus ugläge: be Rauch, e böses Wiib und be Räge; die viert druckt ein vor allne us: vil Chind und doch kei Brod im Huus.

Lüs und Chind grothe=n alli Johr.

Alli Johr e Chäs git nid vil Chäs, aber alli Johr es Ching git glii vil Ching.

Die meiste Chinder händ b'Chübelmacher und b'Besebinder.

Den Arme sterbe b'Geiße und be Riiche b'Ching.

Riicher Lüte Töchter und armer Lüte Chäs werde nid alt.

E Chind und e Hue mögend vornezue. Es Chind, es Huen und en Hund möged alli Stund (so. essen).

Es Chinderhändli und en Söutrog mueß immer voll sii.

E Chingerhang isch bald gfüllt.

Chliini Ding freue b'Ching.

Chliini Ching chliis Leid, großi Ching großes Leid: si si chlii, so trampe si eim uf b'Füeß; si si groß, so trampe si eim uf bs Härz.

D'Eltere esseb öppebie Holzöpfel wo be Chinde b'Zäh dervu stumpf wöreb.

Wenn b'Chind zahneb, so söttib b'Wiiber b'Underröck ver= chaufe, daß s'ene chientib Wii gä.

E Geiß und es Ching chranket und gsunget ring.

Es ist e Mueter no sen arm, so git si ihrem Chindli warm.

Wenn in ere Mueter s'erst Chind stirbt, so soll si b'Stube größer mache lo — so soll si b'Tischbrucke größer mache lo — so soll si no groß Suppeschüßle zweg mache.

s'Isch wohr und au nid minger: wie b'Eltere so bie Chinger.

En unprüglete Bueb ist en ungsalzni Suppe.

De Tüfel het alles welle sii nume nid Bueb: wil's aliwil heißt: gang Bueb, lauf Bueb, be Bueb het's gmacht.

Buebe wo mäjeb und Meitli wo näjeb gäb bie wackerste Lüt.

Us bschißne Chinde wöred au Lüt.

s'Chind wo=n uf b'Gaß goht, seit wie's im Huus stoht.

Chind und Nare und Ruschmanne sägeb b'Woret.

D'Chinde singeb, es git Räge.

s'Vaters Täsche thüend Mänge wäsche.

Es mueß i jeder Hußhaltig e Sou ha.

D'Töchtere sind e fahrigi Hab.

D'Eltere erzüheb b'Chind und b'Nochbere verhürothet's.

Eiguns Bluet geit nib z'Wasser (Geschwister verläugnen
    sich nicht).

Die nünt Hut ghört au no zur Zibele.

Stiefmueter oder Stiefätti, aß si ber Tüfel hätti. Wer e
    Stiefmueter het, het au e Stiefvater. E Stiefmueter
    macht au e Stiefvater.

Wenn de Tüfel en Vogt hett, so chäm er um b'Hell.

„Du liebi Rueth, wie thuest du mir so guet!"

Me schlaht ehner zwee Tüfel ine gäb eine use.

Mun ist nie riicher als bim Fürherroben (Ausziehen. Wallis).

Drü mol zoge ist eimol abbrännt.

2. In Stand und Beruf.

Es lüt und schlot de Herre=n in Roth, de Buure=n is Choth,
    be Buebe=n i b'Schuel, de Meitlene uf de Spinnstuel.

Wenn b'Soldate siebe und brote, und die Geistliche zu welt=
    liche Dinge rothe, und b'Buebe füere s'Regiment, so
    nimmt's z'letscht e schlechts End.

Wenn de Stier b'Chrone treit, so hend b'Chälber Würdigkeit.

Es ist kei Aemtli, es het au e Schlämpli.

Kei Aemtli ist se chlii, es ist hänkes wärth (nachhängens).

Sechs Handwerker, sibe Schäde. Drizeh Hamperch, vierzeh
    Unglück.

Wenn b'Buure herre und b'Herre buure, so git's Lumpe.

Am Rathsuter sugunt vieli Chalber.

Me soll vor ere feiße Suu ehnder der Huet abzieh as vor
me Rothsherr.

Wen e Chue nid will suufe, so mues me ſi nume in Gmeind=
roth thue, ſi lehrt's be ſcho.

Aehriufleſer was bringed er hei? Leeri Seckli unb
müebi Bei.

En Avikat frißt es Roß vor em Morgenäſſe.

En Avikat füert All mit dem gliiche Recäpt ab.

Was en Avikat thuet, das ſchämt ſi der Tüfel nu z'bänke.

Der Amtme verdammt me.

E Sou unb en Amme bhalteb eister be Name.

Der Buur im Choth erhalt was rit unb goht — was goht
unb ſtoht.

Der Buur ghört hinder be Pflueg.

Der Buur iſt nie arm.

D'Buure ſind allwäg is zuekünftig Johr riich.

Mühliwarm unb ofewarm (bäckewarm) macht bie riiche
Buure arm.

Engt Chuchi witi Spiicher macht bie chline Buure riicher.

Wenn be Pflueg ſtill ſtoht, so ſtoht Alles ſtill.

D'Buure juchze=n erſt wenn ſi hei göhnb.

Es iſt beſſer mit be Buure=n umgoh, wenn ſi briegge als
wenn ſie juchze.

De Buure iſt guet prebige.

Wenn be Buur bſoffe=n iſt, laufe b'Roß am beſte.

E Buur unb e Pfarer wüſſeb meh as en Buur elei.

Wenn be Buur uuffißt, so ritet er.

D'Buure luure so lang ſi buure. Buure ſinb Luure unb
Schelme vo Nature.

We me ne Buur bittet, so wirb em ber Buuch groß.

Wenn e Buurebueb nib will Buurelümmel heiße, ſell me ne
nib i Roth thue unb e nib lo Lütenant werbe.

Oich bi Buure heint e ſtuchindi Aemtliſucht.

D'Buure ſi üſi Muure (alt Bern).

Bhüet is Gott vor Miftgable: die macheb drü Löcher.

E Buur unb e Stier isch s'gliich Thier.

Drü Ding bringet de Buur um's Aeckerli: Thee, Kaffee
unb Läckerli.

Der Beck chauft um en Chrüzer Tag unb macht en vier-
bätzige Lab.

En Bättler vertreb nib.

Es wirb dem Bättler nie gnueg.

s'Ifch ein e fchlächte Bättler, wen er nit verma es Huus
z'überhupfe.

Au der misrabligft Bättler cha e Huus miibe.

Wer nib uverfchant ift, git kein guete Bättler.

We be Bättler nib zum Bünbel luegt, fo chunnt er brum.

Wenn be Bättler zum Herre wirb, fo ritet er vil ftercher
as en Herr. s'Ifch keis Mäffer, bas fcherpfer fchirt,
als wenn e Bättler 'zum Herre wirb. Me mueß nib
be Bättler uf be Herr fetze.

D'Bättler fchlönb enanb hüt nib um e Schatte.

Eufer Läbtig hänb b'Bättler Lüs unb b'Hünb Flöh.

Wenn e Singer umgheit, fo ftoht e Bättler uuf.

Früeräge unb Bättellüt bliibe nib bis s'Mittag lüt.

s'Bättle macht nüb arm, aber uwärb.

E guete Bättler verbirbt nib, aber er wirb uwerth.

s'Ifch Ei Tüfel gäb Bättle ober Brob heufche.

Bettluu unb Brob hetfchun find einerlei.

Bürftema häb Hoor am Zah.

En neue Dokter, en neue Tobtegräber.

Er ift en Dokter be Gfunbe, helf Gott be Chrankne.

Er ift en Dokter troz bem Micheli vo Lengnau.

Er ift en Dokter wie en Dreck e Brotwurft.

En Dokter mueß en Ableraug unb e Frauehanb ha.

Er rebt wie en Dokter.

En Dröfcher, en Wöfcher unb en Hunb mögeb alli Stunb
(so. effen).

Pfannechueche müend be Bobe sueche. (Tüchtige Drescher
wollen gut genährt sein.)

D'Herre büße-n enand nib. Wenn b'Herre emol mitenaud
Suppe g'gässe händ, so sind's allzsäme gliich.

Es Herremägli thuet es Viertel meh as anderi.

Nütz (nichts) ist er: en Herr ist er.

Os Heerli heb niemal gnuog.

Stadtbürger Buurewürger.

Rubigs pubigs Burumätteli wie vil Eier um a Batzo?
    „Gnädigi Frau us der Stadt lecket mi glatt sibni um
a Batzo.“

E Jäger und e Hung het mänge vergäbne Sprung.

We me be Chnächt binget, isch es besser, er blätzi b'Hose
vornoche als hingernoche.

Me soll kei Chnächt vor em Fürobe lobe.

Ugrächt bzieht der Chnächt (der Knecht hat für den Herrn
zu büßen).

Mit den Köchinne soll man kein Mitleiben han.

Die Pfaffenchöchine soll man unter die Treechun (Heerd)
bigrabun.

Muurer und Zimmerlüt hend Summer und Winter nüt.

Zimmerma und Muurer sind alli zsäme Luurer.

Zimmerlüt und Muurer sind die fülste Luurer: si esseb,
messeb, bsinneb si, so goht en halbe Tag verbi.

Bhüet is Gott vor thürer Zit, vor Muurer und vor
Zimmerlüt.

Au en Timberma?

Handlanger Hanblamper.

Metzger, Gerber und Schinder sind z'säme Gschwüsterti-
Chinder.

Der Fisch ghört is Wasser, der Mönch is Chloster.

D'Müller und b'Becke stäleb nib: me bringt ne's.

D'Müller, Schniider und Wäber wöreb nib ghänkt: s'Han-
berch gieng sust uus.

s'Jſt niemer frecher as s'Müllers Hemp: da nimmt alli
  Morge en Dieb am Chrage.

D'Schölme ſind nid alli Müller, aber d'Müller alli Schölme.

Gib du Pfarer, ſo häſt die ganz Wuche Sunntig.

De Heiri ſieht nid wohl und hört nid wol und cha nid
  rächt rede: drum mueß er en Pfarer werde.

Wenn en Pfarer Hoßig het, ſo het der Tüfel Faßnecht.

Der Prieſter iſt nie ſen alt, de Winter nie ſe chalt, das er
  ſi nid drüber bſchwert, ſo lang daß s'Opfer währt.

Wer ſüſt nid cha grad ſi lo, wird mit de Pfaffe übel bſto.

Wenn de Pfaff nid mag, iſt der Meßmer wol ſo frech.

Laß d'Pfaffe und d'Begine, hilf du be Diine.

Jungfrau=Schöni und Pfaffen=Uebermuth iſt nienezue guet.

s'Pfaffe Chöchi ſeit zerſt: s'Herre Chuchi, dänn euſeri Chuchi,
  zletſcht mi Chuchi.

Es iſt ungwüß wie s'Pfaffe Säligkeit.

Trau keim Wolf uf witer Heid, keim Pfaff bi ſinem Eid,
  keim Jud bi ſim Gwiſſe, ſuſt biſt vou alle bſchiſſe.

Waxſchmelzer. Hoſtiebigger. Mäßbuechſtabierer. Jägermeß.
  Hubler. Springer. Brevierlismer, Brevierbiſchmer,
  Brevierſurra, Brevierſchmazer. Latiinſchmazer.

Wir hei e tolle u ſcharmante Pfarherr, aber wenn er ſchis
  noch länger blibt, ſo ſi wer alli zſemmu bs' Tüfolſch.
  (= Er iſt zu nachſichtig.)

Er het e Heereläbtig.

Churzi Predigt, langi Brootwürſt.

Churzi Rede und langi Brootwürſt, ſo henb's b'Lüt gern.

Es iſt nütz bas gued för's Zahweh as e Bröckli Holz von
  ere Chanzle, of der no nie gloge worde=n iſt.

Under Nußbäume und im Chloſterſchatte chunnt kei guet
  Chrut uuf.

Wer thuet ſo vil as er cha, thuet ſo vil as der Pabſt z'Rom.

Alſo häd Gott die Wält gliebt und be Pfaff ſi Chöchi —
  und be Pfaff be Huusſchnecht und be heb gheiße Marie.

Vollſuufere und die Geiſtlichu und Jeſuiter heind kei Bobo.

Der Pfaffuſack iſt teiffe. (Wallis.)

Der Prattigmacher macht b'Prattig, der Herrget ß'Wätter.

Gnueg Holz und gueti Aeſche hilft fuule Wäſchere wäſche.

Es iſt kein Wirth, er ſchirt.

3. Im bürgerlichen Leben.

Znächſt bim Bluet, znächſt bim Guet.

So vil Mund, ſo vil Pfund.

s'Erbrecht iſt e Schiebrecht.

Bedingt Recht bricht Landrecht.

Was s'Waſſer wändt, iſt ubſchändt. Was s'Waſſer ſchwämmt und der Wind wändt, iſt nid gſchändt.

Züge lüge.

Ein Ma kein Ma.

Thal und gma iſt ura (unrein. Schaffhauſen).

Gſammtguet verdammt Guet.

Der Gſchreiti mueß zieh oder flieh. (Der Inhaber einer verpfändeten Sache hat entweder ſein Eigenthum den Gläubigern zu überlaſſen oder die darauf haftende Schuld zu bezahlen. *)

Dingwerch iſt Schingwerch.

Wer nid goht i Gricht und Roth, de weiß nid wie wohl daß um ihn ſtoht.

En rächte=n Eid iſt Gott leid, und b'Nacht iſt betrogelig.

Wiiberguet darf weder ſchwiine no wachſe.

D'Frau iſt über es Bießli Meiſter.

Bluet iſch nid Waſſer.

Es Johr iſt a kei Stube bunge (dauert nicht ewig. Bei einem Vertrag).

_____

*) S. Bluntſchli Staatsrecht der Stadt und Landſchaft Zürich 2, 284.

b'Rüschigg (Reukäufe) geltib au.

Schigge und Marte het kei Fründschaft.

Im Wenter sönd b'Recht zwüscheb Himel onb Erde off.
(Fahrfreiheit.)

Uf b'Witti ist guet thäbige.

Der Erst butzt b'March.

En lebige Lüb ist Gälbswärth.

Chäuf und Läuf göh verschibe.

E Chauf und en Ohrfiige göh underschiblig.

Dings gspielt baar zahlt.

s'Luter Rächt bruucht kei Amalt.

s'Rächt het kei Egge.

s'Git breterlei Rächt: Rächt, Urächt, unb wie me's macht
ist au e Rächt.

Wer b'Sach a der Hang het, verchauft.

D'Woret ist nib gschägget.

4. Allgemeines und Vermischtes.

a. Erfahrung.

Reimsprüche.

Heime mii, was chönnt besser sii?

Gott schlot nib liecht e Ma, er striicht em au e Sälbli a.

Groß gschraue, glii verroue.

Schrit i wit, so chum i balb; leb i lang, so wird i alt.

D'Chappe=n i b'Hand und s'Gott grüez bi parat git offeni
Ohre und guete Rath.

Morgegsang macht be Tag lang.

Bscheibili ist weibili.

Us em Bächli wird en Bach, us em Sächli wird e Sach.

No em Brichte thuet me richte.

Hitz ist kei Witz.

Jede möcht für sis Häsli gern es Gräsli.

Fleisch macht wider Fleisch, Fisch macht nisch.

Wer jaget der haget.

E rächte Chrumm ist nid um.

En gueta=n Omm ist nid z'chrumm.

Keiheit (Mißvergnügen) ist ke Freiheit.

Gsellig ist sällig.

Säg mer mit wem du lachest, denn wil der säge mit wem
      du brachest. (Schaffhausen.)

D'Längi macht b'Strängi.

Hetze und Jage macht en leere Mage.

Jage und Hetze thuet b'Herze=n ergetze.

Wer si nit cha schicke, het au nit z'bicke.

Wer nit geit us der Aeschu, bechunnt nüt in b'Täschu. (In
      der Fremde soll man was lernen.)

Wer um as Wort nid thuet wie um a Schlag, der erlebt
      kein gutun Tag.

Wer am Goul be Wille lot, be wirft er is Choth.

Wer länger schloft as sibe Stund, verschloft si Läbe wie ne
      Hund.

Früe is Bett und spot uf ist alle fuule Lüte Bruuch.

Je heiliger b'Zit, je heilloser b'Lüt.

Je gröber be Spoh, je besser be Loh.

Je witer s'Märli flügt, je mächtiger baß s'lügt.

b'Welt blibt Welt und riißt si um's Geld.

D'Bueß ghört uf b'Sünd wie b'Luus uf be Grind.

So isch i der Wält e Sach: der Eint hät Glück, der Ander
      Ungmach. So isch i der Wält: der Eint hät be Seckel
      und der Ander s'Gält.

Mit Briegga und Chlaga verderbt me br Maga.

Was der Bock an em sälber weiß, trout er der Geiß.

b'Roß fräffeb e Ma, wo nid mit umgoh cha.

En g'öpflete Ma und es Straurind sind beedi glich gschwind.

Chüe mache Müe. Hett me b'Chüe nib, so hett me b'Müe nib.

Chalbfleisch ist Halbfleisch.

Mit gloffe mit gsoffe, mit gstole mit ghänkt. Mit pfloge mit ghange.

Troche Brot macht b'Bagge roth.

Chäs und Brod sind guet für b'Noth — sind besser as be bitter Tod.

Mit Wasser und Brod chunnt me dur alli Noth.

Bi Wasser und Brod wird me nib tod.

Ohni Wii und Brod ist b'Liebi tod.

Schrieget isch nib gwieget.

Gsetzt isch nib gsäit und gschnitte=n isch nib gmäit.

Vier Diebe sind in und ußer dem Huus: e Chatz, e Loch im Sack, en Rab nnd e Mus.

Was b'Händ nib nänd, gänd Wänd.

Wer b'Pfenig nib ghalt und b'Schwäbel nit spalt und b'Beckeli nib usestrüct, wird siner Läbetag nib riich.

I de Hudle erzieht me Pudle.

Früe gsattlet spot gritte ist Städter Sitte.

Hüt vol, morn hol.

En große Brüemer en chline Thüener.

Vil Muuls, wenig Herz.

Witzig und verständig Lüt müsseb was die Büchs bedüt.

Gschliffni Wort und e schlächti Meinig sind hunderttusigbeinig.

Zwüsche Zah und Hand goht vil zschaud.

Zwüsche Muul und Suppe vergönd vil Sache.

Zwee Löffel a eim Stil ist doch e chli z'vil.

Der Jschmerglitch wird niemals riich.

Der Fulenz und der Lieberli sind beebi gliichi Brüederli.

Der Hansheiri Früegnueg und der Hansheiri Guetgnueg sind zwee Brüeder gsii.

D'Chriesi hend b'Stei für Keine=n elei; b'Chriesi hend Stil, s'cha's äsle wer will — s'cha's näh wer's will.

Dreitägige Gast ist en Ueberlast.

Drei Tag Fisch und Gast, hebet's au, so stinket's fast.

Der erst Tag en Gast, der zweit en Ueberlast, der britt
Tag en Uflobt, wenn er nid hei gobt.

D'Lumpe si Lüt und us Nare gits nüt.

Je gräuer je schläuer.

Sunneblick, Rägetück.

Luteri Schotte vertribt eim 's'Hoppe; aber de Ziger bringt
eim's wider.

E schöni Chue und en subere Stal ist das besti Kapital.

Uf en Ei en Trunk, uf en Öpfel en Sprung.

Uf es Dünkli ghört es Trünkli.

Zum Druck en' Schluck.

Grüen Holz, warm Brod, und trüebe Wii, do het e Huus
kei Schick derbi. Alt Brod, alt Mehl, alt Holz, alte
Wii sind Meister.

Rable i der Täsche, Wasser i der Fläsche, im Winter en
Schatthuet ist e großi Armueth.

Was me z'Abed um Vieri thuet, chunnt eim z'Nacht am
Nüni z'guet.

Z'Obbe isch nid früe; wer lang schiebt uuf, het Müe.

Han i g'gässe, so wird i fuul; han i nüt, so hänk i s'Muul.

Mit der Gable-n isch en Ehr, mit dem Löffel kriegt me mehr.

En rächte Frässer bruucht kei Mässer.

Ungmässe wird au g'gässe.

Chrut füllt de Buebe d'Hut.

Morgeräge und Nüniweh thüend eim be ganz Tag nüt
meh weh.

Morgegnuß (Niesen) macht de ganz Tag Verdruß.

Wer nutzt, der butzt.

Frei bekennt ist halb geschenkt.

Wenn das Wörtli wenn nid wer, so wer mi Vater e
Rothsherr.

's'Geld wo stumm ist, macht grab was chrumm ist.

E Rüeli ist über e Brüeli. (Ruhe über Nahrung.)

Liebe=n und Bäte lot ſi nid nöthe.

D'Nacht, b'Liebi und be Wii gänd verchehrti Gedanke=n ii.

Wiiberliſt und Wii git mängi Thorheit ii.

Git (Geiz) macht b'Fründ wit.

Chunnt's uf's Diſputiere=n a, ſo git's be Nar bem Dokter a.

In Revolutione bſacket ſi b'Cujone.

Tuſig Duume gänd au e Summe (benkt ber Wirth).

Ugſehe macht oft en Aſehe.

Niemert iſt ſo bemuetsvoll, we me ne lobt, ſo thuet's em wol.

Iſt ber Stei us ber Hand, wan er chunnt iſt unbekannt.

s'Raſtje iſt au es Trachtje. (Wallis.)

Es ſind ber Naſe zwo; was bie eintt nid will, iſt bie anber brüber froh.

Uſuuber git feiß wer's nid weiß.

Ruuch eſſe git fäßt wer's nüb wäßt.

Beſſer weber Solbatetob im frömbe Land iſt Chummerbrod im Vaterland.

Z'vil chratze brännt, z'vil ſchwatze ſchändt.

E Für, e Wiib und e Spiil ſägeb nie: s'iſt z'vil.

Haberranze macht b'Buebe z'ſpringe und z'tanze.

s'Iſt en wunberliche Strit, wenn ein Eſel ber anber rit.

Erſt Gwinner git en arme Stubechlimmer.

Nib Jede be goht uf's Göu bringt brum au öppis hei.

s'Alter iſt en ſchwere Malter.   s'Alter iſt be Verſtalter.

Mit bem Alter chönb b'Ogſtalter.

Es Tuech is Grab, bermit ſchabab.

Ahnbe (täglich) weh, ſtirbt nit beſt eh. Eiſter bärze ſtirbt nit, eiſter chrache lot nit. Wer geng chrachet, bricht nit; wer geng breſtet, ſtirbt nit. Wehliibig Lüt ſterbeb nid ſo balb.

Nachbem men eim will, ſteckt men em be Meje ober be Bäſeſtil.

Z'Lieb onb z'Läb werb eim alls gſäb.

Nüt gieit, jo gſeit.   Nüt ha, Rueh ha.

Deno deno. (Wie der Fall so der Knall).

Wer nütz gwönnt und nütz verthuet, ist nenazue guet.

Vergebu ist unebu.

Döre ist döre. (Geschehenes läßt sich nicht ändern.)

Der erst Tag gmäß, der zweit Tag gfräß, der britt Tag voll, thuet der ganze Läßt wol.

Dr Wirth zum bürren Ast bättlet s'Brob und git's dem Gast.

Stirbt Eine riich, se isch e großi Liich; stirbt Eine arm, se isch e Liich, daß Gott erbarm.

Guet gfässe ist halb g'gässe.

Nienebrob ist bös Brob.

Kein Tanz, oder der Tüfel heb derbi si Schwanz.

Die Arme helfed alli aß be Riich nib fallt.

Bil Tröpfli git au es Schöpfli.

En falsche Verdacht het Tüfelsmacht.

Dick und rund, dänn häst glii e Pfund (Vortheil der Spin= nerinnen).

Schriibe thuet bliibe.

Müüsli mache Müüsli.

Wüest thuet wüest.

Der Loser a der Thör verstohd Alls hönderför.

D'Pfuscher ässe s'Brot und b'Möbeler (Arbeiter) liibe Noth.

Isch es Chilbi, so isch es Chilbi.

Bil Händ brecheb Muure=n und Wänd.

s'Todtegwand bricht a der Wand.

s'Spinne mag nünt bringe, ond Müeßiggoh het gar ke Loh.

Selb tha, selb gha. Selber gmacht, selber gha.

Im Dunkel glänzt Schtiholz wie Charfunkel.

Wache thuet mager mache.

Der schlimmst Charre macht s'gröst Knarre.

Wer schwätzt und alles umetreit, dem wird s'Muul vernält.

s'Git uf der Welt ke besser Ding as Chabischrut und Schwiinis drin.

Bohnen und Speck, das ist en Schleck.

Alleluja Chalberfleiſch, deſcht (davon) eſſund b'Herru meiſt
  (zur Oſterzeit).

s'Erſt Müsli darf wider is Hüsli.

D's Mähju und b's Singu iſt nit z'erzwingu.

Wie iſt der Himel ſo hoch, wie iſt die Untreue ſo noch.

Chlöpft's nüd, ſo tätſcht's — ſchreit's nüd, ſo rätſcht's.

Bät und arbeit ſind zwo Muure, ſi lönd weder Mangel
  no Armueth dure.

Beſſer zweimol gmäſſe as eimol vergäſſe.

Beſſer e Halbi gſoffe und vam Wiibervolch eweg gloſſe.

Beſſer glüret als gfüret.

Es iſch beſſer güde und ſpare als gäng z'cheßle und z'chare.

Es iſch beſſer alles äſſe als alles täſche (ausplaubern).

Es iſch beſſer mit Gebuld glitte als mit Ungebuld erſtritte.

Mena = u oud nüd weſſa heb ſcho Menga bſcheſſa.

Reimloſe Sprichwörter.

s'Chrüz macht Chriſte.

Gott und gnueg ſind binenand.

Der lieb Gott cha b'Sach im Iſchzapfe erhalte.

Wenn Gott der Angel rüert, ſo wird s'Ueberthür erſchütt.

Gott git alli Nacht; was er hüt Obed nid git, git er morn
  znacht.

We be Herrget naß macht, be macht er au wider troche.

Wenn be Herrget will, ſe git's Chrieſt.

Me chuunt mit meh Müe i b'Hell as i Himel.

Der Glaube bhaltet b'Lüt.

s'Bäted nid All wo b'Händ ufhebe.

Chatzegebät goht nid zum Himel.

Bäte ohni Inbrunſt iſt Flüge ohni Fäcke. Es Gebät ohni
  Inbrunſt iſt e Chugele ohni Bulver und e Vogel ohni
  Fäcke.

9

Uf vil Firtig chunnt e fuule Werchtig.

Me cha nid vom Mund uuf in Himel fahre.

Me macht kei Schloß für frommi Lüt.

Nidschi helfed alli Heilige, und obschi nu Eine.

Es ist ein Mensch s'andere Gott und s'andere Tüfel.

Wenn der Tüfel Hunger het, so frißt er Mugge.

Der Tüfel het meh as zwölf Apostel.

Wenn der Tüfel alt ist, so wil er Walbbrueder werde.

Zieh vor dem Tüfel be Huet ab, se nimmt er be Huet und
b'Hand derzue.

Wer be Tüfel iglade het, mueß em Werch gee.

s'Tüfels Mähl wird zu Chrüsch.

Wenn der Wurf us ber Hand ist, so ist er s'Tüfels.

We me uf der Ifebahn fahrt, so fitzt me bem Tüfel uf em
Rugge.

De Tüfel sch. te chliine Huufe.

Wer Chrieg prediget, ist s'Tüfels Fäldprediger. Git's Chrieg,
so macht der Tüfel b'Höll witer. De Chrieg liibt kei
Pröbli. Im Chrieg git's leer Hüt.

Wo Geld ist, ist der Tüfel; wo keis ist, ist er bopplet.

Ungschickt läbt lang.

Fürwitz macht b'Jumpfere thür.

Die Hochmüetige find be Nare so gliich wie b'Oftereier be
Pfiugfteneiere.

D'Jbilbig halt e Getz für e Wiib.

En Gizhals hät nid gnueg bis men em's mit Schuufle git.

Huufe-n und hunde st Zweu. Huufe-n ist nid muufe, suft
chönnt's e jederi Chatz.

De Giz und be Vergunft fieht bem Muul voll Brod bur
nüün Muure nach.

Großhans überchunnt e chlini Täsch.

Es wird kein Fraß gebore, aber erzoge.

A zwee Tische wird en Fraß erzoge.

D'Schelme find au Lüt, aber nid all Lüt Schelme.

Es fi Schelme wie groß Manne.

Es ist nid guet ståle, wenn de Wirth sålber en Schölm ist.

Fuul Lüt hend all firtig.

s'Goht Fuulem nie übel.

En unluftige Arbeiter thuet nie guet tagwe.

En bständige Lächler ist underem Brusttuech nid suuber.

Wer uverschant ist, lebt best baß.

Baß zerst Ruuchbrot esse und nachhår bswüße.

Es ist wåger s'Hemb verliere als b'Chleider.

Es ist besser e Schnägg im Glöch as gar keis Fleisch. Es
ist besser e Luus im Chrut as gar kei Späck.

Es ist besser en Ruusch as e Burdi Strau. En rächte
Ruusch isch besser as e Fieber.

Es ist besser hoffährtig laufe as gmein fahre. Besser elånd
gchårlet weder hoffårtig treit.

Es ist besser e Schoppe zvil zahlt as eine zvil trunke.

Es ist besser en guete Blutzger as en falsche Thaler — en
gschwinde Chrüzer as en langsame Halbbatze — en
gschwinde Batze as e gmachs Bießli.

Es ist besser en Arvel Mißgunst as es Håmpveli Mitliibe
— e Hampvle Gunst as e Chratte voll Grechtigkeit.

Es ist besser en ehrliche Bletz as e schandlich Loch.

Es ist besser e Schåbli als e Schade.

Me vermacht ringer e Löchli as e Loch.

Lieber e Büle weder e Loch.

Es ist besser der Hagel schlat is Fålb as i b'Chuchi.

Es ist besser ge und graue as gha und graue — groue ga
als groue bha.

s'Wer mångsmol besser me wor uf's Muul sitze as uf s'H.

Sålber dänke ist besser man nachi såge.

Drümol trånkt ist besser as eimol schlächt ghirtet.

Asoh ist guet, aber höre no besser.

Es ist besser e theilts Mahl as e gfehlts Mahl.

En guete Kamerad z'Fueß ist besser as en hotterige Wage.

s'Ift beffer me gang zum Schmib as zum Schmibli.

Es isch nüt beffer as öppis Guets.

Wen es Paar binenangere fi, mueß Eine be Chratte träge.

Wenn be Guggu schreit, so het er en Brote.

We me b'Suu chützlet, so leit fi fi in Dräck.

Wenn's nib will, fa taget's nib und we me=n alli Läbe
    ufthuet.

Wenn der Stock nib brennt, so mottet er.

Wen be Chopf aweg ift, so heb s'Föblech Rueb.

Wenn's nüb cheib, so chlepft's.

Wen Eine müeb ift, so rujet er z'letscht uf em Soumift uus.

Wenn e Geiß stoße will, so mueß fi Hörner ha.

Wenn Alles zfriede=n ift, ift niemer höhn.

Wen eim der Löffel nib chümle ift, so cha mu zvil effe.

Wenn b'Chue buffe=n ift, so thuet me b'Thür zue.

We me b'Wäspi stupft, so furre fi.

We me=n eim der Chopf abghaue het, so bruucht me=n em
    ne nib meh ufzfetze.

Wen Eine b'Hofe nibe het, gäb e Fauz meh ober weniger.
    (Auf ein Unglück kommt nichts an.)

Wenn's nib im Holz ift, so git's kei Pfiife.

We me be Lei nib beeret, so wird kei Chrueg druus. (Schaff=
    hausen.)

Wenn bie Alte Rare fi, so fi bie Junge nib gschiib.

Wenn's dem Füli wohl ift, so gumpet's.

We me=n e böfe Hund treit und stellt ne=n ab, so biißt er
    eim i b'Wabe.

Wenn Zweu mit enangere procebiere, goht eis im Hemli
    und s'Angere blutt.

Wenn Dräck zu Mift wird, wil er gfahre fi.

Wenn Dräck zu Pfeffer wird, biißt er am sterkfte.

Wenn b'Maaß (Flasche) voll ift, so überlauft fi.

Wenn be Baum verdorre will, so fohts bi be Würze=n a.

Wen e Fueder umfalle fell, fen isch es no Zit gnueg unber
    em Tännsthor.

Wenn's eim nid wott, so wott's em nid.

Wenn Eine gänet, so gänet der Ander au.

We me blanget, so währt's lang.

Wen öppis mugget, so het's Läbe.

Wen e Gäß wol stoht, so stampfet si.

We me be Mäuder strüchlet, so streckt er be Schwanz.

Wenn b'Sou gnueg het, gheit si ber Chübel um.

Wenn e Sou gwohnt ist z'nuole, so isch's ere nid liecht
    abzthue.

We me nit ist wie anber Lüt, so gett's eim nit wie anber Lüte.

Wenn e Ballu Aiche (Butter) bur vill Händ brolt, so bliibt
    zletzt nit vil meh bra.

Wen Eine het was er will, so frißt er was er mag.

Wen Eine bim Chübel nid riich wirb, so wirb er bi ber
    Gelte nid riich.

We bie Große groß thue, so werde si chlii.

Wenn b'Finkli Chrüzerli singib, dänn isch's richtig.

We me emol en Ae (Ei) gno heb, cha ma nomma höra stehla.

Wenn b'Chatz tauft ist, will en Njedere Götti sii.

Wenn Liebers chunnt, mueß Leibers wiiche.

Wenn me lang grobs Brob ißt, so wird men alt.

We me über ne Berg gab, isch baß es Stickeli Brob im Sack
    as e Maie uf em Hüet.

We me alle Lüte wett b'Müler verschoppe, müeßt me vil
    Bappe ha.

Wer bur b'Finger luegt, bruucht kei Brülle.

Wer mächtig ist, bliibt ugmesse.

Wer grab lauft, het au e grabe Weg.

Wer nünt erliibe mag, mueß am meeste liibe.

Wer vil gästlet, het balb uusg'gäffe.

Wer an Galge ghört, versuuft nib.

Wer uf alli Chilbene goht, überchunnt fule=n Abliß.

Wer mit Eulevögla flügt, wird mit Eula gfanga.

Wer mit Buebe ischiffet, muß au mit Buebe uusschiffe.

Wer b'Waar verschaagget, het Luft berzue.

Wer begährt z'tuusche, begährt z'bschüße.

Wer das mag, der thuet das — der siiret nit.

Wer gege de Wind brunzt, macht naßt Hofe.

Wer z'vil will han, dem z'lützel werde.

Wer gern fröglet, schwätzt au gern.

Wer unglabne Gast ist, ist nit gstuelet.

Wer s'Brot nid ebe schniidt, wird nid riich.

Wer züglet, be veret (verliert. Schaffhausen).

Wer e Gaeß agnoh het, mueß si hüete.

Wer nu ei Glogge ghört, ghört nu ei Ton.

Wer nüt thuet, be lismet. Wer fulenzt, be chorbet.

Wer unger der Ehrüpf gebore=n isch, chunnt nid i Bahre.
     Wer zum Esel gebore=n ist, chunnt nid uf s'Roß.
     Wenn Eine zum Frack gebore=n isch, so überchunnt er
     kei Anglees.

Wem ds Glück will, dem chalberet der Zügstuel — der
     Melkstuel — der Holzschlegel uf der Rueßbili. Wenn's
     Eim glücke mueß, dem mueß der Heustock (der Blei=
     stock — b'Laterne) chalbere.

Wer b'Geißle het, be chlöpft.

Wer am Morge s'Bett nid macht, be wird der ganz Tag
     nid grä.

Wer nütz zum Esse=n isch, isch nütz zum Werche.

Wer s'hät und vermag, chan e Chue ha. Wer's het und
     vermag, be het en Hund. Wer's vermag, het en Hund;
     und wer's nid vermag, cha sälber bälle. Wer Gäld
     hät, hät en Hund.

Wer vil etlehnt, vergißt si de mängist umhi z'geen. Ebbis
     Etlehnts zerhiib eim gern.

Wer's nie bös macht, be macht's nie guet.

Wer nüt seit, het glii gmeint.

Wem e Dräck uf b'Nase ghört, dem fallt er nid uf b'Schue.

Wer graset, be heuet nid.

Wer Eier will, mueß d'Hüener lo gagge.

Wer bi alle Döktere doktere will, mueß allwiil chrank sii.

Wer git, mueß auch nehn.

Andrer Lüte Chüje hend allewiil e größer Uter.

Chüe wo vil brüeleb, verbrüeleb d'Milch.

D'Roß stalleb gern wo's vorher naß ist.

s'Stirbt kei Suu am usubere Trog.

Je älter de Bock, desto herter sind d'Horn.

Was be Vögle ghört, chöme b'Fisch nid über.

Me cha be Hünde s'Bälle nid verbüte.

s'Verstoht nid e Njebere e Chatz guet ungerzbringe.

D'Chatz ist der best Huusroth.

D'Chatz ißt gern Fisch, aber si netzt nid gern b'Füeß —
    aber si will nit is Wasser.

D'Chatz ist gern wo me si stretchlet.

Niemer will gern der Chatz Schelle=n ahänke.

Was nützt e schöns Huen, wenn's keini Eier leit.

En alti Renne (Kuh, Pferd) hilft huuse.

s'Rind springt in e Chriesbuufe.

Wo's Bruuch ist, leit me d'Chue is Bett.

Wer be Hüenere d'Eier im Hindere zellt, geit leer uus.

Me cha us eme Ochs (Rapp) e kei Zitsli mache.

En Esel grobet im Mueterlitb, e Norr und en Narr gär nöb.

Guets Gänsli, bösi Gans.

Was zwänzg Johr e Chälbli ist, geb ke Chue meh.

E Chatz mit Händsche feht kei Müs.

Der Chatz ist der Chäs befohle.

Der triweft Eschel hät schi Meister erschlagu.

s'Git meh Chalberhüt als Chüehüt i der Gerwi.   s'Werde
    meh Chalber i b'School gfüert as Chüe.

Es ist no kei Chatz ab em Mo abe cho.

Mu seit e keir Chue Blösch ol si heig öppis Wiißes.

Chlüini Best stächen au.

Chlii Müs hend au Ohre.

Fünf Söu gend au nûn Site und e Zane (Zeine) mit
 Würſt derzue.

Je ſchlimmer b'Sou, deſto beſſer b'Eichle. Der fülſte Suu
 die beſte Eichle. Die fülſt Suu überchunnt be gröſt
 Dräck.

D'Sou ſticht be Chüng.

Wo gnueg iſt, darf e Sou güde.

Wer nib glehrt het, mueß Söu hüete.

Die alte Chüe ſchleckid au gern Salz.

Alt Lüt und alt Chüe ſi eister verachtet.

Wo ſich der Eſel wälzt, mueß er b'Hut la.

Es erſtickt kei Muus under em Heuſtock.

Chliini Müsli hend chliini Schwänzli.

Es cha kei Geiß elei ſtoße.

s'Goht nib ztob bis me b'Sou metzget.

Me rupft die Gans wo Fädere het.

E guete Güggel iſch nit feiß.

E ſchüche Hung iſt nit feiß.

Mit Gwalt cha me=n e Geiß hingen ume lüpfe.

s'Graue ſchlot der Griſche no (der alten Kuh).

D'Geiß ſuecht s'Meſſer.

Was hilft's, wenn d'Chue vil Milch git, wenn ſi be Chübel
 wider umſtoßt?

Es überlauft e Chue en Has.

Das Veh iſt guet, nume frißt's keini Ofethürli.

Vil chliini Vögeli gend au en große Brote.

Gliichig Vögel ſtriichid gern mitenand.

Worin der Wolf gehutet, darin ghaaret er.

Der Wolf het no kein Winter gfreſſe.

Wo Hünd ſind, da wird b'biſſe.

De Stier hebt me bin Hörnere, be Ma bin Worte und
 s'Wiib bi der Jüppe.

Die großen Hund heint d'Naſa zſemu.

Vergebu hät der Hund nit der Schwanz uuf.

Afen e Gitzi git mit der Zit e Geiß.

Es ist nit guet vo be Chatze ds Schmeer chöufe, wil sch't's
    selber freffunb.

Söuhäfeli, Söubeckeli.

Es find eister Hüenbli und Eili.

Der Muni ist guet ablo, aber bös abinde.

E Fuchs nimmt b'Hüener i finer Nochberschaft nib.

De Fisch will brümol schwümme: im Waffer, im Anke,
    im Wii.

En fuule Vogel, e fuuls Gfang.

Wo Nitz find, het's Lüs.

Es ist e ke Spiel, es ist e Sau brin.

s'Isch nüt we me=n e Hung mueß uf b'Jagb träge.

Zarti Vögeli hend zarti Schnäbeli.

D'Roß schlönb enanb nu bim leere Bahre.

Es git meh as ein roatha Hunn.   (St. Gallen.)

Wo Mönsche find, da mönschelet's.

De Mensch ist schab ab.

s'Chrut chrütelet, der Chabis chäbislet.

Der Eint liebet de Strähl, der Anber was bruff lauft.

Wegem e Stäcke lot me kei Hag abgoh.

Wege=n einer Tanne haßt me kein Walb.

Was nit Schiter git, git Stöck.

Es fallt kei Süeßöpfel vom e Suuröpfelbaum.

Fünf Elle genb e Paar Hänbsche, wenn be Schniiber ken
    Schölm ist.

Choth und Ufloth hanget gern zsäme.

Acher an Acher, Huet an Stab.

An en alte Cheffi ist nüt meh z'blätze.

Drei Erbse genb au e Choft.

s'Gaht kei Etz uuf ober si sig riif.

b'Erbbeeri helfe em Riter uf's Pferb unb bem Wiibervolch
    is Grab.   (Daßfelbe vom Pfeffer.)

Der Erst uf der Müli schütt uuf.

De Buuch frogt nib wie vil's gschlage het.

Me stellt be Bese überst vo wäge be Häre.

Es isch si nib ber werth wägem e Laibli Brod ber Ofe z'heize.

Me cha be Löffel liecht us ber Hand gee we me gnueg g'gässe hät.

Ungwachse Gras cha me nib mähe.

Geld ist e rari Waar.

s'Jst em Geld gliich wer's heig.

Wie vil Chriesi, so vil Stei.

Hättisch keini Chriesi g'gässe, hättisch keini Stei im Buuch.

Wie be Kram so b'Chräze.

D'Stüel ghöred under be Bank.

Hinder em Ofe ist au in ber Stube, aber nib i ber Mitti.

s'Streipfeb alli Häg öppis ab.

En Schuelofer (Schulsack) ist bald gleert.

Wo's eben ist, ist guet Charrer z'sii.

Vorg'gässe Brod macht suuli Werchlüt — bschützt nit.

An anber Lüte Chinbe und a frönbe Hünbe het me s'Brob
        verlore.

Es liit Eine niene besser as i siim Bett.

Es ist am Schiebe gläge, we me will en Haspel äffe.

Eichis Holz git guet Galgenegel.

Mach e Fuust, wenn b' kei Hang hest.

E leere Sack stoht nib uufrecht.

Der ugrecht Chrüzer frißt zehe grecht.

Die chrumme Fueber gä bie große Heustöck.

E Räche mueß e Gable ha.

E Sparer mueß e Güber ha.

Me cha kei Pfanntätsch mache ohni baß me mueß Eier breche.

So lang me um b'Schür lauft, mueß me nib trösche.

Goht bem Faß ber Bobe=n uus, bann tsch es mit bem
        Schmaus vorbii.

Felb und Hag henb au Ohre. s'Hänb alli Tanne Ohre.

Es gönd vil Rebe in e fueberig Faß.

Ueber früsches Fleisch macht me kei gälen Pfeffer.

A Beinere ist guet Fleisch gnage.

s'Isch nid grab en Ofe gsch... und Bänk drum ume.

D'Winterschöpe gänd eim wärmer im Summer.

Allerlei Dreck anknet si nid.

Dräck löscht au Für.

Bschisses Wasser löscht au be Durst.

Gstole Brod gschmöckt au wohl.

Ung'gunne Brod wird au g'gässe.

Me het scho mänge Sack verbunde, er ist nid voll gsii.

E jede Acherma macht au emol e Strunchrei.

De Zünder goht voruus.

Nachdem der Gast ist, richt me=n a.

Von allem Gartezüg ist e guete Haine s'best (Kniebug).

Me cha bi=n ere Gufe stäle lehre.

E guell Rölli ist b'Mueter vo der Müli (Rellmühle).

Es ist e keis Herahuus wo nid z'Grund geit.

s'Kafi mueß e chli gschüttet ha.

De ist Meister, wo be Pflueg is Fäld füert.

s'Isch nit bloß wägem Hauderibau z'thue, me mueß au luege
  gäb s'Mässer b'Geiß erlänge ma.

Grobi Arbeit, grobs Geld.

Groß Möcke, feiß Bögel.

Grobs (grau) Brod macht starch.

Alles Brod ist guet, aber kei Brod ist nid guet.

D'Süberi treit nüt ab.

Recht thue ist über hübsch.

Frei ist öber höbsch.

Recht wüest ist au schön.

Schwarz gebore het s'Wäsche verlore.

Rothi Farb schöni Farb, schwarzi Farb Tüfelsfarb.

Roth Ufloth.

Roth gebore het s'Fegfür scho uf der Welt.

Roths Hoor hend b'Vatersöu.

Si Schnauz isch nid vergäbis roth!

Wenn'd nume roth würdift!

Ein Rothe traut dem andere minger.

Die rothe Lüt hend en Tock meh as ander Lüt.

Rothi Lüt chömed vo Gott ewegg.

Die rothe Lüt hend sibe Hüt, sechsmol meh as anber Lüt.

Die Rothhörige find eitwebers recht guet ober recht schlimm.

Rothi Lütli Tüfelshütli.

Spitznas üblt Bas, spitzes Chinn böse Sinn.

E spitz Gnäs, e bös Gfräs.

Schnupfbase find langsam.

Dünni Bei macht hehli Schue.

Churz und bick het kei Gschick.

Kurz getrommelt, tief geholet. *)

Was chlii ift, ift artig.

Chliini Lütli Tüfelshütli.

Chliini Roß bllibe lang Füli.

Wenn's uf b'Größi achäm, so würd e Chue en Has erlaufe.

Wen e Huus sächs Stockwärch hoch ift, so ift s'obers leer.

s'Groß ift allwäg en Ell fuul.

Die chliine Lüt het Gott erschaffe und die große Bängel
    wachsen im Walb.

Alt Lüt gsehnd am beste i b'Witi.

s'Alter ift au e Chranket.

Me sett zerst alt werde gäb jung.

s'Alter ift unwerth.

Alti Lüt alti Händ.

Die Junge chöne sterbe und die Alte müesse sterbe.

Alt Brob, alt Mehl, alt Holz und alte Wii find Meister.

Armueth ift en böse Gast im en alte Huus.

Der Arm ift z'hälf der Gott biheim.

D'Norre und Narre find z'thür wie me's chauft.

D'Nare wachse, me bruucht si nib z'bschütte.

---

*) Kleine Leute können so viel essen als große.

s'Traumt de Nare nüt Gschiids.

s'Ift mit Nare kei Chind z'taufe.

Gschiid Lüt narriered au.

Jede het fi Spore, und wer's nid glaubt het zwee.

Es ift scho Mänge mit Verstand über b'Witz use gheit.

s'Ift Keine witzig, das er nid mit alle Viere chient in Dreck
gheie.

D'Nare fi au Lüt, aber nid wie ander.

Zur rechte Zit e Nar fi ift au e Kunft.

Es git meh Nare as Pfundbrötli.

s'Unglück bindt de Lüte b'Chöpf zfäme.

Me vergißt vil Leids i vierezwänzg Stunde.

Das find die rächte Priife wo=n as Herz gönd (Vermeife).

Ühü ift e fuul Jo.

Nei ift e Milchfuppe und en Efelschopf brin gfotte.

Geld ift e gueti Waar: fi goht Summer und Winter.

s'Geld werchet am meifte.

s'Geld macht be Markt, nid b'Lüt.

s'Ifch em Muul nit z'traue, wenn's emal agfange het.

s'Ift s'ganz Johr guet helfe.

s'Ift kei Zit fi chunnt wider.

Fremd ift elend.

Mer chönd nid alli Chorherre fii.

Me cha nid mitenand rede und rite.

En junge Ma cha nünmol z'Grund goh und doch wider
zweg chu.

s'End treit de Laft.

s'Sterbe=n ifch s'Letfcht.

Ifch es Chilbi fo fei's Chilbe, Giiger mach uf!

Wie me fpinnt, fo tuechet's.

Bling gfchoffe ifch au gfehlt.

Je beffer Spieler, je böfer Bueb.

Es ift keis Schädli, es ift au es Nützli.

Mit Vilem güdet me, mit Wenigem fpart me.

s'Git uf der Welt nit luter Hetteligern.

Der Hetti und der Wetti hend nie nüt gha — hend beed
    nüt gha — sind Brüeder gsii.

Huuse=n ist nid holbe.

Huuse het e wit's Muul.

Was me nit i Hände het, cha me nid hebe.

Die groß Glogge zahlt alli Schulde.

Es ist nüt besser z'ha as Schulde: je weniger me ne z'frässe
    git, um so größer werde si.

Was übere=n isch, isch däne. Was hingere=n isch, isch gnäit.
    Was hinten ist, ist gnäit. (Nach hinten kehrt man die
    schlechte Seite.)

s'Ist guet uufhöre we ma s'Ungschlächt (Unschlitt) g'gässe het.

E gueti Usred ist drei Batze wärth.

Umesust ist de Tod, aber er chost Lüt.

Es ist ghupft was gsprunge.

Je chürzer d'Rächnig, je lenger d'Fründscheft.

Was me nid erflüge cha, cha me erhinke.

Was me z'Nacht no be Rüne redt, gilt nüt meh.

Wo Noth ist, ist Ufride.

Probiere macht glustig Lüt.

s'Ist Ein en schlächte Schütz, wen er kei Uusred weiß.

s'Isch sufer wenn's grächet ist.

Der Sorgheber — der Sorgha — ist au b'Stäge=n abgkeit.

Der best Rebler (Kletterer) chan o z'Tod gleie.

E guete Schütz zaalet (zielt) nid lang. (Bern.)

Chalt schmide ist verbote.

Mit Fastespiis einzig wird nid gfastet.

Wohl gflohe, wohl gfochte.

Mit Frage lehrt me.

Me fragt öppe, we me scho nid chauft.

Me cha froge, s'ist Dütsch bis is Wälschland.

Wer frei frage darf, denkt wol.

Was Ein flüecht, das wird em.

Butze=n und Fäge git kei Brod is Huus.

A be riiche Lüte wird me nid rüdig.

Nütz see ond nütz schina ist gar fitz nütz.

Uf söttige Chilbene git's söttige=n Ablaß.

Ring g'gunne, ring verspilt. Ring derzue, ring dervo.

Me cha b'Natur nid fräße — nid mit Strau hüete.

D'Natur zieht stärker as sibe Stiere.

En verschrockene Ma ist im Himel verlore.

Was helfet b'Vörthel we me's nid bruucht?

Lätsch mache faht nid Vögel, aber znezieh.

s'Fahre gärn drü Wätter enangere noh.

D'Welt ist en ewige Heuet: die Eine mache Schöchli, die
    Andere verzebblet si wider.

s'Ist Niemer ohni „Wär das!"

Alli zwänzg Johr e neui Wält.

Drii und dernäbe het vil Platz.

Mit Drohe wird Niemer gschlage.

Tag und Nacht währt ewig.

E jedes Dräckli findet sis Schittli.

Thür gä ist kei Sünd, aber übel mäße.

s'Het Naßne glii gnueg grägnet.

Wo kei Ornig ist, do ist kei Zit.

s'Johr het es wit's Muul.

Großes Für löscht chliises.

Wo alli Völli ist, cha me scho huuse.

Gmach riiche thuet guet.

Hänke hät kei Il.

Alli Thierli lebe gern.

Es ist bole was gworfe.

Sunntiggwünn sind Fäbere.

Der Amig (ehemals) ist gstorbe. (Alles hat seine Zeit.)
    Et Zit isch nid all Zit.

Wo's eim weh thuet, do het me si Hand.

Uwachtli (thöricht) thue macht oi bös Glück.

E gueti Sach holt Kapital und Zins.

Was der Copf vergißt, müesse d'Füeß entgelte.

D'Scham hät d'Röthi verlore.

D'Ehrlichkeit ist us der Welt greist und der Krebit ist närrisch worde.

Der Gloube isch glösche u b'Tuged geit ge bettle.

Großi Städt, großi Sünde.

Ma säb all vo der Chilbi bis si emol bo ist.

De best Arbeiter hebet am wenigste ane.

's'Gäb Mänge=n es Aug drum, der Anger gsäch nüt.

Der Ebe=n und der Unebe hend mitenand es Brod g'gässe.

Was z'Ehre uusgoht, goht au z'Ehre wider ii.

Wottsch öppis, so darfst öppis und s'Glück ist für den Dürstige. (Schaffhausen.)

's'Ist öppis so glii erbiche als ersprunge.

Es wirb Alls g'gässe und Alls gschaffet, aber nid Alls zahlt.

Z'Tob erschrocke ist au gstorbe.

Die gschwinde — bie theilte — Möhli sind bie beste.

Es ist im e Njedere s'Muul sälber gwachse.

Me verschnäpft si mit nüt meh as mit em Muul.

Me cha nid lüte und umgoh. Me cha nid trösche und Holz spalte. Me cha nid i sibe Häfe choche und be Chriesine hüete.

Ennert dem Bach sind au Lüt.

D'Wält ist kei Strumpf.

Benachter Rath (Rath über Nacht) ist der best.

Kei (Art) findet enand.

Je füler b'Lüt, desto besser Glück.

Grab use=n ist Meister.

Gebuld überwindet Standchrut — Suurchrut.

Uf en gottlobige Tod chunnt glii en truurige.

Gschenk macht eige.

Uf en Glas Kei und uf en Lug e Muulschelle.

Wo s'Suufe=n en Ehr ist, ist s'Chotze kei Schand.

Haar und Schabe wachse=n alli Tag.

Was das Haisili thuet, das thuet auch noch der Hans.

Mit Stürmu (Besprechen) chunnt schich zsäme.

Was nid voll ist, schreit nid.

Es sind der Tagu vil und der Malu no meh.

Was nützed groß Schue und chlini Füeß?

s'Ist bald en Schappele gmacht, we me Bluemen het.

Schmids-Chind sind si der Funke gwont.

s'Ist kein Bom, er ist zerst e Rüethli gsi.

A gueter Waar verchauft me si nid.

Me het si se bald verredt as verthue.

E Pößli im Gspräch thuet wol.

Es git drijerlei Geinu: das Fuletschu=Geinu, das Hunger= Geinu, und das Gebet=Geinu (Gähnen).

Mit Zirlimirlimache chunnt me nit fürsi.

Ungrecht Guet lot wie s'Choth vom Rad.

Recht thue ist über hübsch.

Was ein reut ist deß minder Sünd.

s'Cha Mänge chlöpfe, er cha nid fahre.

s'Wird öppis bra sii, sus gäb's kei G'ruch.

Ne guete Zuelueger schafft au.

E churzi Freud und e langi Schmöcki.

Ist me de Lüte im Muul, so ist men e bald unber de Füeße.

Dergliiche thue ist nonig gschlechlet, sust hetti scho Mängs Chüechli gha.

Nid nahla gwünnt.

Rächt Lüt händ rächt Sache und rächt Härdöpfel. Rächt Lüt händ e Gattig.

Me cha mit dem Veh rede we me Menscheverstand het.

Chunnt's an's Hietu, so chunnt's an's Gschentu (an's Ezu. Wallis).

Verderbe will Rath ha.

Im Nassen ist bald gwettret. (Wallis. Der Reizbare ist bald gereizt.)

Beſſert's nit, ſo rückt's.

Die alte Propheten ſind gſtorbe und die neue chöned nüt.

Was eim uf b'Naſe falle mueß, fallt eim nid uf b'Füeß.

Es iſt kei Schlacht ſo groß, das nid e paar übrig blibed.

Me weißt wohl was men iſt, aber nid was me würd.

Um a Loa ſchnetzet ma be Chabis.

Me verchauft kei Naſe us em Gſicht.

b. Ermahnung.

Bet und chnet.

Iß und vergiß.

Trink und iß, Lazarum nid vergiß.

Eſſid was er hend, und denkid was er wend.

Iß was b'maſt und klib was b'chaſt.

Klib dich, Gaſt, ſuſt biſt e Laſt.

Zur Nach bis gmach.

Wer will daß s'em ling, der lueg ſelb zu ſim Ding.

Wer nit chan Gſpaß verſtan, ſoll nit zu Litten gan.

Wer nüt will übrig la, richt' mit dem große Chelle=n a.

Wer en Wii und en Ma will ſtudiere, be mueß ſi am
        Morge und z'Abid probiere.

We nu will Vogla fah, mueß nu nit mit dum Stecko an
        b'Stube ſchlah.

Wer will s'Haar pflanze, mueß i der Höll tanze.

Arbeit i der Juged ſtreng, lebſt denn froh und in die Leng.

Wo b'biſt, halt reini Hand und e guet gneſtlet Hoſeband.

Was me ſelber nit ghört het und gſehe, da ſött me vor
        keim Menſche verjehe.

D'Sach zum Wort, und s'Geld an en Ort.

Näh wo iſt, gä wo briſt.

Roſtig wie=n e Luus, gang hei und träg's i dis Huus.

Wenn Iſe fingſch wie=n e Luus, ſo träg's hei i dis Huus.

Wer will i d'Visite gu, mueß d'Chind und d'Hünd biheime lu.

De fernbrig Schnee suech nid meh. (Me mueß der alt Schnee nid füre sueche.)

Heb Gott vor Auge und s'Brod im Sack und be Choch (s'Chöch) vor em Ofeloch.

I Gotts Namen agfange, so gohts i Gotts Namen uus.

Fach a baß chenneft endu.

Langsam und zweimal!

Halt s'Muul, se flügt der kei Mugg dri.

Schmöck wen i der chüechle, und iß, wen i der gib.

Juchz nid bis d'ab der Chilbi bist. Me mueß nid juchze bis d'Chilbi übere=n ist.

Lat euch d'Hose vom Wiib nit näh.

Hab dich immer Besseren nach als du selber bist.

Eis no em Andere wie z'Paris.

Rume nit gsprängt, aber gäng hü.

Niene mit Il as uf der Flöhjagd. Im Jast sött me nüt thue as flöhne.

I schön Gsichtli vergaff di nit, s'chönnt au e Lärvli sii.

D'Lüt lan rede, d'Hünd lan waulen, d'Vögel lan gaggen und geng grad ust be rächt Wäg gan! Me mueß d'Lüt lo rede, d'Gäns chöne 's nid. Me mueß d'Lüt lo rede und d'Chüe lo träge. Me mueß d'Lüt lo säge u d'Chüe lo träge, so gits Chalber.

Di Rath, dis Herz, di A.., di Tabakpiife.

Laß de Glotz (Kreisel) uuslaufe. (Schaffhausen.)

Hans hau di nit, d'Suppe ist heißt.

Me mueß d'Arbet uusmache, sust wird si e Brotwurst.

Me mueß nid mit dem große Chelle=n arichte.

Me mueß dem Munl öppen emol e Bröbli ge und s'abe= schlucke (Schweigen ist Gold).

Me mueß de Bängel höch werfe, er fallt vo sälber tüüf.

Me mueß der Löffel nid abgeen bis mu selber gnueg het.

Me mueß d'Lüt neh wie's sind oder broh (barohne) sii.

Me mueß d'Geiß nib z'wit i be Garte lo.

Me mueß nib fure eb d'Chüe im Stal abuube find.

Me mueß de Chüene d'Milch zum Bare=n i schoppe.

Me mueß dem Hafe be Deckel ablupfe.

Me mueß be Hunb ha wie=n er fi gwänet ift.

Me mueß huufe wie wänn mer ebig chönnt bliibe, unb bäte wie wänn me morn müeßt fterbe.

Me mueß s'Fleifch bem Fädelt nah haue.

Me mueß s'Färli aluege unb nit ber Trog.

Me mueß im e böfe Hung es Stückli Brot is Muul werfe.

Me mueß d'Zit abwarte we me jung Tuube ha will.

Me mueß boone wo's eim gschooret (gebahnt) ift.

Me mueß em Tüfel nf e Chopf trappe — uf e Stiil trappe.

Me mueß fich gege s'Lanb helbe, s'Lanb helbet fich nit gege=u eus.

Me mueß immer mache, baß b'Chile zmitz im Dorf bliibt. Mach baß b'Chile im Dorf bliibt.

Me mueß d'Auge verbinde im Furtgah, benn lehrt me=u öppis im Heiweg.

Me mueß ber Chatz zum Aug luege wil's Zit ift.

Me mueß nib Schmutz mit Schmeer vertriibe welle.

Me mueß nünt verrede as s'Nafenabbiiße.

Me mueß be Hünbe=n ihri Hoßig unb be Buure ihri Chilbi lo.

s'Mueß Jede bi fiim Brod wider z'fribe werbe.

Me mueß um s'Brod arbeite, eh me zum Fleifch chunnt.

Me mueß ber Chalberzit ihri Rächt lo.

Me mueß em Pilatus mit em Kaifer breue.

Me mueß nünt uf d'Nagelnoth (äußerfte Noth) achu lo.

Me mueß d'Gofe vergompa la.

Du mueft bem Hunb au öppis vormache.

Du mueft rebu wenn b'Henne brunzunt.

Me mag's aftelle wie me will, fo mueß me fibe Pfunb Dreck zum Johr fräffe.

Bo de Lumpe mueß me de Wii chaufe.

Me mueß be Lüte be Lauf la und be Nare de Gang.

Me mueß gäng e chlei han und gäng e chlei lan.

Me mueß wüsse z'hebe und z'lo.

Me mueß aliwiil öppis im Bivis (Vorrath) bhalte.

Me sell s'Holz schleipfe wie me cha und ma.

Me soll der Öpfel nid vom Baum schüttle gäb er riif ist.

Me soll nid uf Eim Esel z'Müli füere.

Me soll nid flüge gäb me Fädere het.

Wo gwinnt me nüt? Me soll es guets Rasiermesser und
 e gueti Uhr nid verchaufe, e gueti Frau nid taub mache
 und ime Gmeinbroth nid wüest säge.

Wen e Choch vor Hunger stirbt, mueß me=n e unber der
 Herdplatte vergrabe.

Wenn du Meister bist, so stiig du is Stübli.

Wenn d'Sach am uwärthste ist, so soll me se am wärthste
 ha. (Von den Feldfrüchten.)

We me cha im Immi huufe, so mueß me nid is Biertel welle.

We me Chirsi gwinnt, so sell me=n ungeruche (v. unten) asoh.

We me s'Chrut kennt, soll mu nit na dr Wurzel grabe.

We me ke Chalch het, mueß me mit Choth muure.

We me de Chare nit cha bhebe, mueß me=n e fahre lo.

We me will alt werde, sell me Chnüperrüebe (weiße Rüben)
 äsfe und der Berdruß nit über d'Strumpfbängel uehe lo cho.

We ma s'ruch Essa verschwora heb, sött ma ka Kottla essa.

We me s'Färli will ha, mueß me be Sack ufhebe.

Wenn d'Chatz Müs frißt, so mueß si füre gä.

Wenn d'hanblist, so hanble so, baß bi am Morge nüt reut
 weder s'Gelb.

Bist nid hübsch, so thue hübsch.

Inhalt.

IV.
Lehren und Urtheile der Erfahrung und des Uebereinkommens.